# 歡迎來到奇異餐廳

## 2

## 莉迪亞的日記

金玟廷
莫莉／譯

目次

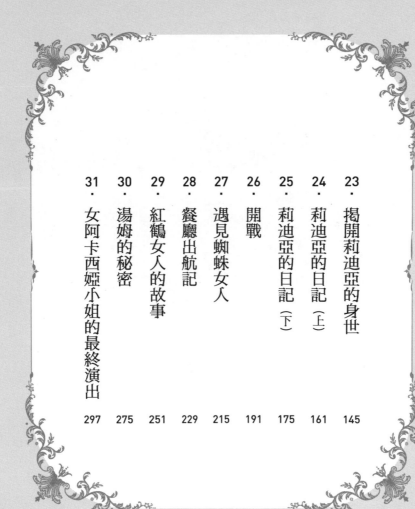

# 15

# 假婚禮

數十座水晶吊燈點綴了婚禮殿堂，四處可見水晶、翡翠寶石、黃金等寶石交織著閃耀的光芒，晶石們各自的璀璨色澤相互輝映，讓整座空間繽紛華麗。而最令人醉心的是淡玫瑰色桌布上的滿滿美食，夏茲不顧勸告，逕自享用著每一道菜餚。

「新、新郎，請不要分心。」

司儀看見入場到一半就開始胡亂抓起桌邊食物大吃大喝的新郎，慌張出聲提醒。不過夏茲可不是如此聽話的人。

「喔，繼續進行啊。」

夏茲若無其事地試吃每樣菜色，用手勢催促司儀繼續朗誦祝賀詞，殿堂裡的蜜蜂無不交頭接耳，司儀的額頭也冒出斗大的汗滴，新娘再過不久就要進場，若是她發現自己的結婚大典變成這副模樣，必定會勃然大怒。

夏茲不顧司儀焦急的處境，停在淋有果醬的優格前，用手指沾了一口放入嘴中。

「那是……婚禮結束後才能吃的甜點啊……」

料理師聽說自己精心製作的菜餚被新郎本人弄得一場糊塗，急急忙忙衝進禮堂，鼓譟著想阻止夏茲，不過夏茲卻不為所動地說道：

「我吃了又怎樣？這些菜不就是為了新人準備的嗎？我可是新郎耶，吃幾口又有什麼關係。」

夏茲委婉地表明自己的身分，接續著說：

「這個味道似乎太淡了，要再多加點果醬才行。」

他又大步走向炭烤蜥蜴前，皺起眉頭。

「我不喜歡一分熟的熟度……再烤熟一點。」

接下來又指著貓咪鬍子濃湯。

「這道太鹹了，再加些水進去煮。」

夏茲甚至脫離進場路線，不受控地胡亂走動，就算不小心碰撞疊好的餐盤，也任性踩踏在碎片之上，大口吃著桌上的每道菜餚。一旦吃到不合胃口的菜餚就大力丟在地上，杯盤破碎的清脆聲響自他的所及之處不斷響起。

「新郎，請回答我接下來的問題。」

但眼前的新郎根本不把婚禮當作一回事，萬念俱灰的司儀加快了唸稿的速度，因為必須在新娘入場前將新郎的宣誓儀式完成。

「今天我們聚集在一起，是為了見證這對新人神聖的婚禮，新郎你是否……」

「當然了。」

司儀的話都尚未說完，新郎連頭也不抬就應聲回答。眾人不知道夏茲是已經不在乎繁文縟節，還是故意而為之，一旁的士兵們見狀紛紛擺出攻擊姿勢，不過司儀卻制止了他們。

年邁的司儀明白，若是在此時刺激夏茲，說不定禮堂裡的所有蜜蜂都會死在他的手中。

為了不讓夏茲脫逃，禮堂外的大門已被緊緊上鎖，無論裡頭發生什麼事，那座大門都不會被打開，即便禮堂內的蜜蜂受到生命威脅，外頭的士兵仍不會採取行動，他們會聽著裡頭的悲鳴聲，一如往常地打掃宮殿、站崗巡視、準備女王的餐點。整座禮堂是為了捕獲一名新郎所設下的拋棄式陷阱。

——或許我們今天全都會迎向死亡。

司儀的腦中閃過此念頭。

「新郎。」

司儀冷靜的聲音劃破緊繃的空氣。

「那麼接下來，我們將邀請你的新娘……」

「好啊。」

無心回答的夏茲這次吃了一口海綿蛋糕，吆喝著蛋糕師傅再多塗些鮮奶油。然後他像是現在才意識到禮堂內不尋常的氣氛般，他張望周遭，用惋惜的表情說道：

「我的天哪，這不是個皆大歡喜的日子嗎？怎麼全都哭喪著臉。」

夏茲明知道原因正出在自己身上仍裝瘋賣傻，不過更加可笑的是，在場沒有一個人敢多吭聲。

他似乎認為現在調節婚禮死氣沉沉的氛圍也不算太遲，夏茲朝著禮堂的角落，和準備演奏結婚進行曲的樂隊說道：

「來點熱鬧的歌曲吧。」

其中一名團員慌張地用小提琴演奏出輕快的旋律，剩下的團員面面相覷後也生硬地拿起樂器，紛紛加入曲子之中，鋼琴圓滑的樂音搭配著小提琴高亢明亮的伴奏，大提琴與低音提琴也以沉著高雅的姿態，躍進曲子內。

這首樂曲與本該隆重嚴肅的結婚儀式完全沾不上邊，但夏茲卻掛上滿意的笑容，因為眼前的一切如他的盤算順利推演中。

——沒有比這更完美的事了。

婚禮徹底走向一團亂，夏茲仍一臉笑盈盈，穿梭在美食間品嚐味道，比起入場中的新郎，他更像在自家後院散步的紳士。

最後，有一名士兵忍無可忍後，邁步靠上前去。

「你在幹嘛？女王就快要進場了，趕快回你的位置……」

「料理師，這盤沙拉再多加點蜘蛛醬汁。」

「你到底想搞什麼花樣！」

士兵高聲喊道，並亮出身後的毒針瞄準夏茲，禮堂剎那間陷入寂靜，全場的蜜蜂繃緊神經，看著對峙的兩人。

「……你要用那隻毒針刺我嗎？」

在一觸即發的沉默之中，夏茲率先開了口。

「蜜蜂使用毒針後也會隨之死亡，你要為了這種小事犧牲性命嗎？」

聽見夏茲的譏諷後，士兵更是將毒針逼近夏茲的脖頸，不斷縮短的距離，叫旁人也彷彿快要窒息。

「若是為了女王奉獻性命，我樂意至極。」

士兵的語氣聽起來毫無動搖。

夏茲的瞳孔如沒有一絲波紋的湖泊，深黑的眼眸用冰冷的眼神直盯對方，然後他緩慢張開嘴，撫摸下巴讚嘆道：

「還真是護主心切，看來女王教育後代不遺餘力呢。」

他歪著頭，斜睨著士兵，其目中無人的態度已經成功點燃戰火，那名被惹惱的士兵，憤而用毒針刺向夏茲，一切彷彿子彈飛越般霎時發生。

事情來得太過突然，夏茲用皮鞋踢開士兵的屍體，手上提著那根失去主人的毒針，禮堂裡所有人的目光集中在夏茲一人身上，劍拔弩張的緊張氣息如看不見的繩索，緊緊纏繞著禮堂裡的每個人，就連時間也像凍結似的被麻痺。

——噓，全都別動。

沒有任何一個人出聲，但全都有著相同想法。

——只要有任何輕舉妄動，極有可能一眨眼就變成他腳下的屍體。

這難耐的靜默持續了片刻。

「……料理師。」

而能大膽打破寂靜的也只有一個人。

「啊？叫、叫我嗎？」

驚嚇萬分的料理師，慌亂地衝上前，夏茲盯著眼前的眼球濃湯，對著料理師下達了令人不解的命令。

「眼球濃湯都冷掉了，拿去加熱。」

可憐的料理師勉為其難地拿起濃湯，向守在外頭的士兵們說明原因，那道被鎖上的大門被開啟後，他急急忙忙衝向廚房。

夏茲將身子倚靠在餐桌旁，舉起一杯葡萄酒。毫不在意幾分鐘前才奪去士兵的性命，臉上浮現一抹笑容，打破沉默。

「……你怎麼這麼晚才來？」

啜了口葡萄酒的他，對著空氣發問，短暫的空氣凝結後，一聲回應自不遠的地方傳來。

「看來……你這麼快就想我了。」

討人厭的語氣從柱子後發出，那是一頭嬌小的龍。

「你想得美……拖延時間拖得我好累。」

夏茲放下酒杯。

「抱歉，作為補償，我會盡快結束這一切的。」

西洛笑著道歉。在一瞬間理解情況的士兵們，隨即擺出攻擊姿態。

由於禮堂大門被重重鎖上，西洛趁料理師因夏茲的吩咐而出來替換菜色的空檔，用他敏捷嬌小的身軀迅速溜進會場內，守在門外的士兵根本來不及察覺又將大門再次鎖上，那道扣緊鎖頭的聲音，像是預告接下來幾分鐘內即將發生的血戰。

這座禮堂是為了阻止夏茲脫逃的監獄，無論蜜蜂怎麼轉述情況，或是大聲叫囂，那扇門永遠不會被開啟，此處宛如與世隔絕的荒涼之地，龍族與惡魔清楚這個遊戲規則，遊刃有餘地站在禮堂內。

無須多加贅述，接下來的情況已可預想。夜幕籠罩於神聖的殿堂之上，士兵們亮出一根根毒針，而夏茲與西洛則露出自信滿滿的笑容。

「為我們彈奏一首曲子吧。」

夏茲對著無不臉色發白的樂團下達指令，團員們顫抖著指尖，在拉緊的弦線上演奏出急湊又尖銳的樂章，悲壯的音符縈繞在禮堂，替壯烈的戰事拉開序幕，在場所有人的緊張感化為小提琴家手中的樂音，隨著高音直奔蒼空而去，這首曲子像是在嘲笑被關在鳥籠裡的獸，被恐懼吞噬的士兵們拔出毒針，以死表明忠誠。

蜜蜂一旦使用毒針，也會終結自己的性命。因此即便他們成功命中夏茲與西洛，自己也難逃一死。面對這種無論如何皆是以悲劇收場的命運，蜜蜂仍堅守職責，紛紛展開攻擊，夏茲與西洛兩人端詳著敵軍這副悽慘的模樣，面露勝券在握的泰然神情。

小提琴清亮的聲響如孩童雀躍的腳步聲，隨著規律的樂章行進，長笛悠揚甜美的耳語也點綴其中，夏茲瞄了一眼壁上的掛鐘，轉頭望向西洛。

「距離新娘入場還有三分鐘。」

此時的樂音漸柔漸緩，猶如警戒著前方的危險，如履薄冰地演奏著，即使旋律仍輕柔，不過長笛發出的樂音比起耳語更像是接近獵物的獅子步伐，隱匿不張揚，伺機而動的序章。

「時間差不多了。」

西洛一派輕鬆地笑著。

「讓我來吧。」

似乎在抵達宮殿前與夏茲的那一戰還不夠盡興，西洛自信滿滿，邁開步伐，富有餘裕抬起頭，伸展了身軀，隨即就化身為在頭頂盤旋的龍。當西洛飛起時，整首曲子也突然急轉直上，長笛的高音躍動得難以預測，在五線譜上急促起舞。

西洛的龍身隨著絢爛節奏與激昂的拍子飛往高空，在躍動的樂章間，他的身軀像蝴蝶結纏繞又纏繞，隨著節奏的加快，西洛捲起了一陣龍捲風。

碰！

宣告好戲正式開始的低音鼓轟隆作響，西洛瞬間化作巨龍，接下來的事情以迅雷不及掩耳的速度同時發生，盤旋於空的巨龍隨著漸入高潮的長笛聲起舞，如高山般大小的巨龍激烈地扭動身軀，引起一陣強烈的作用力，在場的士兵皆飛彈出去。

歡快的曲子嘲笑無能的士兵，西洛的嘴迸發出冷白色的硫火，如濃霧般撲向眾人，難以計數的蜜蜂在剎那間被猛烈火舌燒死，那條銀白色的流線身軀，悠悠暢遊於火光間。

另一旁的夏茲坐在圓桌前，欣賞著眼前的盛況，西洛配合樂團的演奏在空中歡騰，夏茲望著得意的西洛，不以為意地用舌頭在齒間發出嘖嘖聲響，此時夏茲瞥見有幾名士兵偷偷摸摸想靠近西洛的頭部後方，西洛正忙著用嘴巴噴火攻擊眼前的蜜蜂，看不到後方的視線死角，

看不下去的夏茲站起身，一躍飛往空中。樂曲的節奏迎向前所未有的高潮，長笛吹響的樂音如疾風狂奏，小提琴與中提琴緊貼為一。「哐！」定音鼓一聲巨響，夏茲輕巧地降落在西洛的身上，他無聲無息，靈敏果斷，只見他手上的匕首染上一道鮮紅，那些打算從後方偷襲西洛的蜜蜂們，已經成為夏茲腳下的冰冷屍體。

「你幹嘛插手？」

殘酷殺死了數十隻蜜蜂的西洛大聲喝斥著，他正享受著久違的美好殺戮時光，對於不速之客感到相當不耐煩。

「我可是救了你耶。」

「我好歹也是頭龍，難道會被小蜜蜂給螫死嗎？」

「你好歹也是頭龍，那怎麼就保護不了文件？」

夏茲的匕首一出鞘便能劃開數十隻蜜蜂的身子，而西洛只要噴火就能燒死好幾

十隻的蜜蜂。正大開殺戒的他們，對話卻格外平淡無奇。

「那、那是因為希亞小姐欺騙我……」

「所以你被一個弱小的人類少女欺騙，笨到把秘密文件雙手奉上？」

「我又沒辦法攻擊朋友！她也不可能出於惡意要拿走文件啊！」

「你知道我們在這裡受罪的理由，就是因為你沒有保護好文件嗎？」

假如西洛沒有被人類搶走文件，夏茲就永遠不用再踏進女王的宮殿一步，再加上如果人類失敗，哈頓即能奪去她的心臟，並自惡魔手中解放夏茲。夏茲想起這段因果關係又感到一陣憤怒，誰能料想到龍族竟然會敗在人類的手中，夏茲劃開蜜蜂血肉之軀的手，變得更加快速了。

慌張的西洛不安地吞吞吐吐。

「呃，我沒有想到原來有這層關係……」

西洛為了擠出藉口，分心於攻擊蜂群，蜜蜂們見狀對他射出毒針，西洛沒有發現毒針的攻擊，而夏茲則是快速地往下一跳，成功抵擋這一波攻擊，西洛也趕緊接住墜落的夏茲。

「而且我的翅膀還被你燒掉，現在飛不起來了。」

夏茲在西洛的背上賭氣似的揮舞著刀刃，西洛仍吐著火，對夏茲的抱怨沒有太大的反應。

「所以我剛才不是救了你嗎？你翅膀上的灼傷只要幾天就會好了。」

「看來你怎麼樣都不想道歉喔。」

雖然夏茲嘴上嘟噥著不滿，卻還是除去了朝西洛攻擊的蜜蜂。

西洛銀白色的龍身在空中攪動，如人魚的尾巴般柔軟優雅，而在那之上，身穿晚宴服的惡魔揮動著尖刀，在他的背上跳舞。霧白的燃氣間不時參雜著火花，兩人的絕妙合作默契就像幅名畫，體現極致的殺戮藝術，整座禮堂在一分鐘內被染成鮮紅色。

地上堆疊出大量的屍首，就連音樂也畫下休止符，絢麗的禮堂只聽得見兩人的喘氣聲。

現在距離新娘進場只剩二十秒左右。

「聽好了。」

夏茲繃緊神經說道：

「真正的脫逃現在才開始，你沒有任何猶豫的機會，無論是你的身體還是你的腦袋瓜……」

他連讓西洛回答的時間也不給，接續說道：

「這座宮殿是鑽石形狀的蜂窩，出口只有兩個地方。」

必須做出正確的選擇，才能成功脫逃。

「第一個是底下那個我們進來的地方，另一個是……」

夏茲沒有說話，只用手指往上一比。

「宮殿的最上方，位在天花板上的巨大窗戶。」

僅有兩道出口，一個是最底層，另一個是最頂端。下坡與上坡，夏茲要選擇哪一個作為脫逃的出口呢？

二十秒忽地過去了，那道深鎖的大門被打開，新娘進場！

16

# 夏茲的告解

房裡猶如被冰柱包圍，寒氣逼人，鏡子們發出冷光包圍著正在準備的女王，幾名蜜蜂整理婚紗的裙襬，又有幾名蜜蜂替女王梳妝打扮。

原本宛如屍體般蒼白無血色的臉頰，撲上一層薄粉，在黑眼圈框起的眼皮上描出了細長的眼線，發青的嘴唇上塗上鮮豔的唇色。一陣胭脂塗抹後，女王毫無生氣的面孔成了剛自棺材中躍出的妖豔鬼魂。

女王的顴骨凹陷之上，一對突出的雙眼瞇成了圓弧線，像是面對一份期待已久的禮物般，她的嘴角也不自覺上揚，整個人看起來已經等不及要拆去包裝紙般。

「好了。」

一隻蜜蜂靠上前，想將王冠拿下後戴上頭紗，卻被女王出聲制止。

「這次的婚禮應該會有點忙碌，如果戴頭紗會行動不方便。」

喃喃自語的女王，嘴角仍掛著微笑，她銳利的眼神瞥向時鐘，秒針以固定的速度滴答行走，她著急搓揉著手。

「距離新娘入場還有三分鐘。」

一旁的隨從低聲朗誦時間，女王閉上雙眼，她原本蒼白的面容隨著闔上的雙眼，使其看起來更像一具屍體，女王按捺焦急的心，動也不動站在原地。

三分鐘的時間過去，或許女王也正在心裡倒數著，當門內耀眼的光芒流洩出時，女王同時睜開了她的雙眼。

叩噠、叩噠、叩噠。

尖銳的高跟鞋踩踏在大理石地板上，敲響出孤零零的聲音。

「你竟然按捺不住自己，在短短的時間內就準備了這麼精彩的禮物。」

女王雀躍地說道，甚至還哼著小調讚嘆眼前的光景，女王的模樣看上去是那般幸福快樂，她拖曳著身後的裙襬，優雅地走進禮堂，她嘴角的笑意如新月般高掛，現在的她是真心感到愉悅，因為她滿心期待的畫面完整上演於前。

「你都幫我把紅地毯準備好了。」

地上東倒西歪的屍塊化作鮮紅花瓣，裝飾了女王的去路，天花板被火吻過留下焦痕，濃濃的煙霧瀰漫在空中難以散去，為這幅光景增添奇異的氛圍，女王純白色的婚紗撫過那些凋零花朵的汁液，染上塊狀的豔紅。

女王的視線落在背對她坐在椅子的少年身上，即使只是背影，女王仍看得出來夏茲的西裝沒有一絲凌亂，她難耐興奮加快速度走向夏茲，一心想要扯下坐得高高在上的那一頭黑髮。

就在女王伸手的前一刻，夏茲自椅子上起身，他踢開腳邊的屍體，轉頭望向女王，少年的臉不見絲毫情感變化。

女王反而喜歡這副表情，她響亮的笑聲迴盪在禮堂間。

「你因為我晚來所以生氣了嗎？我現在不會離開你了，別擔心。」

夏茲聽見那句不會離開你的話仍無動於衷，直勾勾盯著女王的雙眼。女王這才抬頭往上方看，只見禮堂的天花板被燒出一個大洞。

「看來這是你帶來的那隻小寵物所做的好事。」

女王朝天花板的洞口譏笑著。

「不過夏茲，可惜你這次的計畫太老套了，完全在我的意料之中。」

事情發展全如女王所想。

「宮殿只有兩個出口，一個是最下面的大門，另一個是天花板後的天窗。」

女王從容地猜測。

「看來你的小寵物把天花板燒得一乾二淨，並朝上飛去了，當他在頭頂上時，你就負責在下方阻擋那些追趕而去的士兵，這樣那頭龍就不用面對龐大的蜂群，可以專心往天窗而去。」

女王以輕蔑的神情看著夏茲。

「只不過令人心疼的是你的翅膀受了傷，當龍開啟天窗後，垂下一條繩索之類的東西，你們就能開開心心地脫逃成功，我想差不多是這樣的劇本吧。」

女王直視夏茲。

「那麼劇本裡的我，難道是飛去屠龍的角色嗎？哈哈哈哈哈。」

女王覺得可笑無比，放聲大笑。

「你的計畫有個問題，如果依據你的盤算，我真的飛去抓龍會發生什麼事？」

夏茲筆直地站在原地，一言不發。女王湊近他的耳邊低聲道：

「我會瞬間就把龍制伏。」

這是個不爭的事實，就算是堂堂的龍族，也只是食物鏈上的一環，必定有物種能消滅他，而其中之一就是這個國家的女王。

「真是不好意思，你的寵物注定是逃不出去了。那你的劇本呢？」

其實女王根本不關心那頭龍的生死。

「當我飛去捉拿那頭龍時，你會做什麼事？你絕對不會乖乖束手就擒，一定會從下方的出口溜出去吧？」

女王看著前方的虛空，雖然她極度好奇夏茲意識到自己計畫失敗的表情，不過她決定留在最後致命一擊時，再一次好好欣賞。

「讓我來改寫你的劇本吧。」

女王歪著頭說道：

「龍不是往天窗飛上去了嗎？那就去吧，小小一隻蜥蜴，逃走又怎樣。」

女王的聲音溫柔又細膩。

「我不會去追那頭龍，我要跟我的新郎待在一起，我不是說過了，這次我不會離開你。」

感到心滿意足的女王轉頭望向夏茲，而夏茲的眼神竟然出現一絲晃動，使女王雀躍得不得了。

沉默如在房內猖狂的尖銳冰柱，兩人間有著看不見的劍拔弩張，女王高抬下巴，一臉傲慢，但眼神卻充滿愛意。夏茲的表情雖在一瞬間出現變化，不過看著對自己露出滿意神情的女王，夏茲放鬆了原本的僵硬表情。

他舉起杯，飲下一口葡萄酒，為難地開口說道：

「是喔，我該說什麼才好。」

嗒。

當酒杯放回桌上時，他的臉上溢起微笑。

「其實女王陛下的劇本，有太多錯誤了。」

女王挑起一邊眉毛，直盯著夏茲。

「但是的確很出其不意，也挺有趣的，看來您設想許久才想出來的，不過這種東西由您的口中說出來，就有些難為情了……」

夏茲瞄了一眼站得直挺的女王，用惋惜的口吻說道：

「這個故事太老套了。」

女王似乎正聽著他的解釋，夏茲細細品味著眼前女人的表情。

「首先，女王陛下所指的那頭寵物龍並沒有朝天窗飛去。」

夏茲親切地點出女王的錯誤，同時臉上的神情也出現細微變化，並接續說道：

「您還說當您飛上天擒龍時，我會從其他出口脫逃，女王陛下您錯了，我不是那種會丟下寵物就獨自逃跑的小人，至少會把我落下的東西都帶好才走。」

「真是可笑，你什麼時候這麼有愛心了。」

夏茲不在乎女王的恥笑，將手放進口袋內。

「另外您的故事有個問題……」

夏茲重複女王剛才的質疑，緩緩抬起頭，直視她的雙眼。

「那麼那頭想逃出房間的龍，現在究竟在哪裡呢？」

他笑得燦爛，也痛快地給出答案。

「答案很簡單，他正在上頭準備燒光這座宮殿。」

夏茲靜靜笑著，西洛的銀白色硫火包圍這座純白宮殿想必是幅雄偉的光景，女王仍以銳利的眼神盯著夏茲，對視的兩人間只有凍結成冰的空氣。

女王大聲地嗤鼻而笑。

「……哈！真是可愛的謊言。」

她瞇起細長的眼角，如同一抹新月。

「這次還想用這種小孩子的玩笑欺騙我嗎？你以為我聽到你的寵物龍要玩火就會急得追上去？」

女王的語氣與表情皆充滿驕縱蠻橫。

「這也太可笑了，就算你再怎麼魯莽，到頭來只是個餐廳的小員工，怎麼會不知道要是燒了我的宮殿，會受到多大的處罰，你沒有蠢到會冒這麼大的險。」

女王朝向夏茲冷笑了一聲。

「即便那頭龍真的要燒了這裡，那你打算怎麼逃？翅膀受傷後的你根本一無是處，究竟要怎麼保命？你不至於笨到要留在這裡同歸於盡吧？」

女王嘲諷完夏茲，用纖長的手指拿起剛才的玻璃杯，將剩下的酒一飲而盡。

「我不是說了，我要跟你待在一起，哪都不去。」

她不顧嘴角還殘留著葡萄酒液，隨即吻上夏茲的唇。

「失火了！」

外頭傳來一聲倉皇的高喊，夏茲後退一步，分離了兩人交疊的唇。

「女王陛下。」

夏茲舉起雙手，扶正女王因俯身而傾斜的王冠，然後看著女王慌張的雙眼。

「好劇本總是伴隨著反轉情節。」

少年彎起單邊嘴角，用指尖輕撫女王的翅膀。

「啊，失火了啊！天哪！」

禮堂外的騷動聲愈來愈大。

夏茲的眼角彎成月亮形狀，女王的臉部開始扭曲，外頭急忙救火的聲響硬生生鑽進女王的耳膜，使她火冒三丈。明明所有事物皆照著她的劇本發展，如今卻有了突如其來的轉折。

「哈啊。」

她深深嘆了一口氣，作為宮中女王，王宮失火她必定要去查看，這座能容納每天上百隻甚至上千隻新生蜜蜂的宮殿，若是有一點損壞將是極其嚴重的事情。

女王一臉倦容地看著夏茲，既然夏茲的翅膀都已經受傷，應該是逃不出去了。

「我馬上回來，你別亂跑。」

她維持著女王既有的高傲快步走出禮堂，每個步伐踩踏在大理石地板上的聲音尖銳地鑽進耳裡。

女王打開門望向底層，眼見心中所想的最壞場景竟然真實上演，她緊緊閉上眼睛後再度睜開，宮殿的底層已經陷入一片火海，蜜蜂們為了不讓火舌波及上層，忙碌地來回奔波滅火。

女王拍動巨大的翅膀，很快飛至最底層，好不容易停留在一處尚未被火勢吞噬的地上，難以忍受的熱氣使其眉頭皺得更深了。

「這到底是怎麼一回事！」

憤怒的女王發瘋般大吼大叫，忙著滅火的蜜蜂們聽到女王的怒斥也不知所措。

一名料理師畏縮地走上前，吞吞吐吐地向女王說明情況。

「那個……新郎要我重新加熱眼球濃湯，我就端著濃湯來到廚房，怎麼知道一開火，才發現瓦斯爐上全是油，然後一瞬間就著火……」

料理師不知道該怎麼講下去，不安地察看女王的臉色。

女王根本不顧料理師懼怕得像是全身痙攣般顫抖，她看都不看一眼，隨即振翅飛往上層。

她原先認為一定是夏茲指派龍放火，然而起火原因卻是因為瓦斯爐上被澆滿了油，女王發現事情並非如此簡單，極盡全力往上飛去，因為女王蜂的翅膀不容易著火，所以比其他的蜜蜂更容易在火舌中穿梭。

再次抵達禮堂的女王大力推開門，隨即看到腰上已經綁好繩索，準備逃脫的夏茲。女王的眼神抖動了一下，此時的她已明白整起事件的始末，但已經遲了一步。

翅膀被燒傷的夏茲，在女王踏出禮堂的瞬間就抓住龍從天窗垂下的繩索。龍拉起繩索，夏茲的身體也懸浮於空。女王瞬間拍動翅膀朝著夏茲而去，正確地來說，是正要拍動翅膀卻發現飛不起來，覺得奇怪的女王朝向身後一看，頓時花容失色，因為原本不易著火的女王蜂之翅如今卻燒得旺盛。

女王愣在原地，回想起前不久夏茲摸著自己翅膀的情境，那如此反常的行為，原來就是……夏茲當時將手放進口袋是為了蘸起油水，假裝撫摸女王的動作，殊不知是為了塗抹上去，既然如此，在廚房瓦斯爐上倒油的人也是他……

「夏茲！」

釐清事實的女王，無法克制背叛感與憤怒，朝著夏茲大吼。

雖然他們是龍族與惡魔，但若是倉皇逃出宮殿，必定很快就會被數量龐大的蜜蜂大軍抓回宮殿，因此他先讓龍逃至天窗上，自己留在禮堂內，親自用手塗抹油水在女王蜂的翅膀上，即是為了徹底限制女王的行動。

不僅如此，放火焚燒宮殿是天下重罪，這隻邪惡狡猾的惡魔偷偷在瓦斯爐上倒油，並讓料理師成了引火之人，沒有證據能證明是夏茲倒的油，所以整起事件只會成為單純的失火意外，夏茲也能逃過一切刑責。

每片拼圖皆完美契合了，女王蜂著火的翅膀萎靡地顫抖著，她整張臉扭曲，怒視著夏茲。

夏茲乘著西洛垂降的繩索悠悠上升，他彎下腰，將一邊的手放在身後，縮起一條腿，向著女王致敬。

「還請女王施以寬容與慈悲，諒解微臣的不足，並寬恕哈頓大人之罪過……」

少年不忘自己來訪的目的，露出微笑。

「望和平與喜悅與女王陛下同在……」

慎重地行禮後，夏茲挺起腰桿，隨著笑聲消失在王宮上方。女王按捺多時的怒氣終究爆發，那道尖叫聲成為回音，追尋著已經消失的少年笑聲。

「夏茲！」

# 17

# 濃湯之房

被桃紅色暈染的天空之下，一抹銀白色的弧線劃過，引起波光粼粼，準備歇息於地平線之下的絲縷陽光，照射進墨綠的森林間。

西洛俯身於蓊鬱的樹木間降落於地，夏茲順著西洛的身體走下，森林前那道由磚石搭建的橋墩底，翡翠色的湖水揚起漣漪，對面的餐廳連同天空的一角，皆沉浸在桃紅天色之中。

「你走吧。」

夏茲頭也不回對西洛說，不過西洛怎麼可能就如此被打發，他沒有移動步伐，狠狠轉頭望向夏茲，那雙銳利的金色雙眼直瞪著夏茲的後腦杓。

「你現在要我走？真的嗎？你沒有什麼話要對我說？」

「沒有。」

夏茲的回答無情又簡短，西洛感到一陣失落。

「雖然你是惡魔，但真的這麼無情？我們就要這樣分道揚鑣？」

西洛激動得大呼小叫，夏茲無奈地轉過頭看著他。西洛因那道視線感到不好意思，乾咳了幾聲後硬擠出話來。

「嗯……比、比如說，保證不會再把我拿去給廚師煮了之類的啊……」

西洛含糊其辭，他又乾咳了幾聲避免場面尷尬。夏茲不動的嘴角，稍微開合了一次，發出啊的聲音。

「這個嘛，這我無法跟你保證，你應該不想聽我對你說謊吧。」

夏茲一臉置身事外，留下目瞪口呆的西洛，獨自轉身走向橋墩，急忙變回小型龍的西洛緊張地追上前，朝著橋墩吼道：

「等、等一下啊！你怎麼出爾反爾？我把你送到女王宮殿時，你明明說過要取消把我變成炸物。」

直到夏茲過了橋，進到餐廳裡，甚至走上翡翠色階梯，站在一座華麗精美的大門前，西洛的抱怨聲皆不曾停止。最後西洛只能在那座門前停下腳步，獨自怒視著夏茲開門進去的背影，畢竟僅有少數人能進入那扇門之後的世界。

夏茲順著瀉進門內的光線走進房內，被汗水浸溼的深黑色髮絲下，是一雙冰冷無神的雙眼。

身穿西裝、皮鞋的夏茲一進到房，哈頓隨即開口。

「……你這次毫髮無傷，看來女王心情很好。」

夏茲停下腳步，大力坐在華麗的皮製沙發上，用眼前的葡萄酒潤了潤喉，隨後放下玻璃杯，抬頭看著哈頓。才不過幾天的時間，哈頓像是急速歷經了幾百年的光陰般，全身癱軟如液體，彷彿隨時能沉沒於王位之中，全身還冒著冷汗，像團濕潤的棉花。

哈頓艱困地發出聲音。

「當我聽到人類完成你交代的工作時，完全無法置信，堂堂的夏茲竟然扳不倒一名幼小懦弱的人類少女……」

「我指派的事，絕對是她無法獨力完成的差事，一定有人在背後幫她。」

夏茲一句話打斷了哈頓的冷嘲熱諷，他盛怒於有人告訴人類那台廢棄已久的電梯，才讓少女得以通過測試。

「沒想到她才來餐廳幾天，就已經交了朋友……而且還是甘願替她賣命的朋友……」

人類必須失敗，才能讓哈頓有理由奪去少女的心臟，恢復自身健康，並讓夏茲脫離惡魔的掌控。知道這個事實仍願意幫人類的話，即代表他已經有充分的心理準備面對處罰。

夏茲搖晃著重新斟滿的酒杯，臉上勾起微笑。

「別擔心，我一定會抓到反抗者。」

輕柔搖晃的杯中起了泡沫，夏茲滿不在乎地將其飲盡，盯著夏茲的哈頓嚴肅地開口說道：

「如果人類這次又完成你交代的任務，你就要有再度前往女王宮殿的覺悟。」

夏茲遊刃有餘地笑著。

「當然，我不會犯下重複的錯誤。」

夏茲滿懷自信，要是逮到人類那忠心的同伴，那她自己一個人必定什麼也辦不到。他放下空了的酒杯，站起身。

「不久後我就會奉上她的心臟，給我等著。」

夏茲知道，他的首要任務是找出人類機靈的助手。

希亞今天也在太陽下山時分起床，她將陽台上曬乾的衣物收起，走進浴室沖澡，溫暖的水氣圍繞著身子，她陷入沉思。

她來到餐廳已經一週的時間，關於哈頓的解藥卻不見任何進度。雖然園藝師告訴她藥草陰乾後即會發皺，隨後就可入水烹煮，研究其水蒸氣，不過無論她有多著急地等待，藥草卻怎樣都沒有發皺的跡象。

希亞嘆了一口氣，關上水龍頭，用毛巾擦乾沾滿水的身軀。她下定決心，若是今天再不見藥草的變化，就要動身去找春子，穿好衣服的希亞用毛巾包起髮絲，走出浴室。

邊走邊用毛巾擦拭頭髮的希亞，下意識瞥向地板，隨即僵直在原地，雙眼瞪得圓大。她無法相信眼前的光景，驚愕得說不出話，片刻後，那雙放大的瞳孔閃爍著些許光亮。

「天、天哪……啊啊啊啊啊！」

希亞壓抑不住內心的雀躍，高聲大喊著。她走上前，看見乾癟的藥草們，奇蹟似的猶如在母親腹中般蜷曲成形。

開心得不知所措的希亞跑進裘德的房間，大力搖晃著呈現大字形睡姿，口中還含糊地說著夢話的裘德。

「嗯啊……蘋果派、檸檬派、炸雞……鳳梨派、覆盆子派，還有……」

「裘德！藥草終於有反應了！你快點起床過來看！」

希亞興奮地對裘德大吼大叫並前後搖晃著他，裘德剛睡醒就經歷了劇烈的晃動，他睡眼惺忪地瞪著希亞，儘管如此希亞依然開心得無法冷靜。

「園藝師不是說要等到藥草乾燥發皺嗎！現在終於蜷曲發皺了！」

少女笑著大聲高喊，不過裘德仍半夢半醒，慵懶地打了個哈欠，他眨了眨眼睛，朦朧地擠出一句話。

「希亞，我的耳朵好痛喔。」

受不了的希亞翻了個白眼，強行將裘德拉往房外走至藥草前，她將手交叉於胸前，不悅地用鼻尖示意裘德看看那些藥草們。當希亞放開拉住自己的手時，裘德還伸了個懶腰，用朦朧的雙眼無神地往下一瞅。

「咦……？」

裘德的眼神出現變化。

「希亞！」

裘德大聲喊叫，兩個人終於搭上同一個頻率後，開心地相擁高聲大叫。

「天哪，怎麼皺起來的？」

「我也不知道，一起床就看到它們變成這樣了。」

「那現在只要把它們放進鍋子內煮滾就可以了嗎？」

「沒錯，再找出與人類心臟有相同成分的藥草就可以了！」

「太棒了！」

兩個人吵吵鬧鬧了好一陣子，裘德興奮地不斷在藥草附近走來走去。

「那接下來呢？妳有找到鍋子嗎？要去哪煮這些藥草才好……」

「裘德！那個不用擔心，這裡不是很多鍋子嗎？只要跟雅歌借用她煮魔法藥的鍋子就好……」

在希亞講出已經設想好的回答時，身後卻傳來令人毛骨悚然的笑聲。

「哈哈哈。」

回頭一看，雅歌在堆疊成山的書籍與雜物之間笑得無法自已。

「妳在笑什麼？」

希亞問雅歌笑的原因，雅歌就此停下笑聲，希亞與身在漆黑書堆間的雅歌四目交接，雅歌若無其事地瞪著斗大的雙眼，換上兇狠的表情。

「妳問我為什麼在笑？」

粗啞的聲音響起，雅歌壯碩的身軀在書堆間移動著。

「很好，就讓我告訴妳答案，不過妳聽完應該會被嚇到喔，妳一定會不敢相信，哈哈。」

雅歌自書堆走出時，她的眼神比平時還要冷酷，那雙厚實的嘴唇接續說道：

「那就是……」

停下話語的雅歌，左右滾動著眼珠子。

「你們真的是世界上最笨、最蠢的存在了，甚至是比鴿子還要愚蠢的生物！」

雅歌那兩條如香腸般的嘴唇，如噴泉般噴濺出許多口水，希亞與裘德慌張地看向彼此。雅歌似乎更加激動，對著他們惡語如珠。

「你們想要借用我的鍋子？哈！到底哪裡來的自信？難道妳以為我會聽話讓妳使用我的東西？究竟是厚臉皮還是天真得可以！真是讓人大開眼界！」

雅歌激動地大喊，鼻孔像是火車頭般噴吐氣體。

「妳到底有什麼依據，相信那些臭藥草中一定有能治療哈頓的解藥？真是個異想天開的臭鴿子！」

雅歌將那顆巨大的頭顱靠近希亞，希亞看見雅歌醜陋的面孔與那比自己的雙眼大上好幾倍的瞳孔時，害怕得緊閉雙眼。

雅歌豐厚嘴唇間所吐出的凶惡話語，毫不留情地淹沒嬌小的希亞。

「如果妳發現花了這麼多精力與時間的藥草，到頭來不是妳尋找的解答時……妳該怎麼辦？當妳搞清楚情況，想要再從頭開始時，說不定已經太遲了。」

老女巫的每一句話殘忍地刺在希亞的心上，她逐漸感到不安，滿心期待著園藝師贈與的藥草，另一方面將「若是藥草醫治不了哈頓的病該怎麼辦？」的恐懼埋藏在內心深處，極力表現出樂觀正向的一面，似乎只要如此，那份擔憂就不會成真，不過雅歌的話語卻將那埋藏的不安赤裸裸地挖開。

雅歌看著啞口無言的希亞，氣呼呼地說道：

「看來妳真的是頭搞不清楚狀況的蠢鴿。」

雅歌像是失去理智的人，反覆著模糊不清的呢喃，又轉頭瞪著希亞。

「給我聽好了，我永遠都不會為了幾根草借出鍋子，別再讓我看到那些沒用的雜草！」

女巫的怒吼聲像描繪陡峭山壁的稜線，高低起伏、忽上忽下。或許因為雅歌盛怒的模樣太過駭人，希亞與裘德絲毫沒有說服她的想法，趕緊將藥草抱在懷中奪門而出。

希亞一臉黯然，他們走出嘎吱作響的樓梯，到了夕陽低垂的餐廳外頭，她看著裘德，眼淚像是隨時要迸發。

「裘德，現在該怎麼辦？我要煮藥草才行。」

殘陽的暉光映照在希亞憂愁的面頰，微風輕晃櫻花樹，使花瓣飄落在地。裘德揚起一抹微笑，叫希亞別擔心。

「妳不用擔心，希亞妳忘了嗎？」

盛開的櫻花乘著風，將錯綜複雜的翡翠色階梯覆蓋上一層淡粉色，滿天的櫻色將圍繞著兩人的料理室漆上繽紛色彩。

「這裡可是餐廳，到處都找得到鍋子。」

「裘德，你真的是天才！」

希亞大叫著。

兩人走在蜿蜒狹小的階梯，穿梭在各個料理室間，被稱讚後感到很自豪的裘德不禁挺直了胸膛，邁步走著。

「嗯，讓我想想……」

悠悠看著料理室的裘德停下腳步。

「嗯……我覺得濃湯之房裡鍋子應該最多吧，要不要去看看？」

若是能成功借到鍋子，哪有拒絕的理由，希亞大力點點頭，裘德隨即走進眼前的料理室。

濃湯之房，牆外漆繪著鮮豔亮麗的色彩。有許多用線繩吊掛著的食材，還有從未見過的奇怪蟲子及肉類，也有許多眼球們。屋頂上有座迷你的煙囪，氤氳瀰漫，不時飄來濃郁的香味。

希亞已經習慣妖怪島上的奇異光景，不假思索就打開房門。廚房裡透出明亮又溫暖的燈光，濃湯散發的誘人氣息撲鼻而來。整座廚房全被煮滾的大鍋子占滿，毫無站立的縫隙，從地板、料理台、抽屜、窗沿，任何平面皆擺滿了大大小小的鍋子，唯一沒被鍋子占據的地方只剩下天花板。

「呵呵呵！看看是誰大駕光臨？」

料理師將繩索繫在肚皮上，以怪異的橫躺姿勢轉頭望向兩人，他嬌小的頭部戴著高高的廚師帽，如氣球般圓滾的肚子上綁著一條白色圍裙。

他的身軀宛若一顆圓潤飽滿的李子，兩側短小的四肢自軀體向外伸出，他依靠分布天花板上的繩索自由來回穿梭，像隻蜘蛛，或是說螃蟹，不過他的身段卻柔軟不已，輕鬆自如的動作也像隻猴子般靈活。

感到驚奇的希亞張大雙眼看著料理師，沒想到竟然能在這裡遇見馬戲團成員般的料理師。

「咦？妳是……看來我的料理室有名人大駕光臨喔。」

料理師的聲音宏亮低沉，他拉著線迅速降落至希亞的面前。眼見胖胖料理師乘著細線一下子就落在自己的面前，不知所措的希亞拉著裘德低聲說道：

「我們是不是找錯房間了。」

但這對在餐廳配送藥品已有相當經驗的裘德而言，是不可能的事。當希亞仍訝異著馬戲團成員竟然真實存在的事實時，袠德用眼睛搜索著料理室內尚空著的鍋子，泰然對料理師開口。

「叔叔好，之前你不是因為繩子承受不了身體重量而摔傷，讓雅歌幫你治療嗎？看來現在恢復得不錯喔。」

料理師聽見袠德如此一說，形似滿月的臉龐掛上占據大半面積的笑容，爽快地開口回答他。

「哈哈哈，袠德你那副討人厭的語氣什麼時候要改啊？我說過好幾次，是因為那條線太老舊才斷裂的，不是因為我的體重，別看我好像圓滾滾的，我只是因為矮小才會看起來圓圓的，我的體重才一點點而已喔。」

仔細一看，料理師確實相當矮小，甚至不到希亞身高的一半，要是去掉讓整個人看起來圓滾滾的肚子，他的身體其實和普通幼兒無異。

「哎呦，叔叔還真會找藉口，我建議你別再拉著繩子到處跑了，再這樣下去又摔傷怎麼辦，到時雅歌又會……」

「我就說不是因為體重了，而且我要是不盪繩子，就無法在鍋爐間快速來回了，也沒辦法在路易的表演團隊擔任空中飛人，團隊裡只有我能做這項工作，如果我不盪繩子，後果會很嚴重呦，哈哈哈。」

料理師自豪地說著，用手拍打那圓滾柔軟的肚子，發出咚咚聲響。

裘德一臉無奈地搖搖頭，希亞這才仔細地咀嚼料理師的話語，吵夫人也在路易的表演團隊裡擔任聲樂家，看來這位料理師也跟她一樣能站上舞台演出。

「不過話說回來，你們怎麼會來找我？前不久才送火藥過來不是嗎，那應該不是來配送東西給我……」

料理師言至於此，望向一旁的希亞，笑臉盈盈貼上前。

「是這位大名鼎鼎的小姐有事找我嗎？」

他用爺爺慈祥地看著可愛孫女的神情，笑咪咪看著希亞，希亞頓時不知所措，不知該如何回答，裘德見狀推了推希亞的肩，提醒她此行的目的。

「啊，沒錯，想詢問是否可以向您借用鍋子？」

「鍋子？雖然我的料理室有數不盡的鍋子，不過我也要煮出很多濃湯才行耶。」

聽見意外的請求後，料理師瞪著雙眼，在繩索上來來回回苦思。隨後很快就挺起他緊貼在繩上的身子。

「我想到了！」

他似乎靈光一閃，大聲讚嘆著自己，並對希亞露出滿面笑容。

「妳願意協助我煮濃湯嗎？哈哈，別擺出為難的表情，我不是要妳真的烹調濃湯，畢竟真正的料理師是不會讓他人碰自己的傑作的。」

料理師邊說話邊在鍋爐間往來，不斷從圍裙前的口袋拿出材料，投入各個鍋爐內，努力地熬煮濃湯。

「我的意思是希望妳成為濃湯食譜的靈感，如果妳答應我，我就能加快煮湯的速度，這樣就有多出來的空鍋可以借妳了，哈哈，怎麼樣？我的提議不錯吧？」

當他講話時仍不忘拉著繩索四處攪動湯水、調整火候。

「要我成為您的靈感？」

希亞向已經乘著繩索盪到遠處的料理師大聲說道，料理師的豪邁笑聲在挑高的料理室內形成回音。

「哈哈，很簡單的！妳只要站好讓我仔細端詳妳的雙眼即可。」

雖然料理師的要求讓人摸不著頭緒，不過聽起來無需太過擔心，希亞轉頭望向裘德，殊不知他早已往前跨出一大步。

「什麼嘛，這麼簡單喔？當然沒問題！」

希亞還沒開口與裘德討論，他已經率先答應了這個奇怪的要求，裘德看著希亞，投以要她放心的眼神。

「別擔心，我認識這個叔叔很久了，他不是那種奇怪的人。」

靜靜等待兩人答覆的料理師，也帶著讓人安心的笑容。

「呵呵呵，一定會擔心的吧，畢竟來到這個世界必定經歷了許多考驗……不過妳用不著擔心，我的請求真的很簡單，哈哈。」

待希亞小心翼翼地回答後，料理師軟綿綿的身體隨即跳到希亞面前的繩索，他望著希亞充滿警戒的眼神。

「……那好吧。」

「讓我來一探究竟……」

料理師將下巴靠在線繩，仔細端詳起希亞的雙眸，他的眼神不知不覺收起笑意，變得真摯無比。

「妳的內心充滿了質疑，冰冷無溫度。真奇怪，據說人類的眼神比妖怪還要溫暖啊……」

料理師從圍裙裡掏出幾顆冷凍的眼球，丟至下層的鍋爐中，希亞雖有些畏縮，仍隨即恢復原本的姿勢。

「……無人走過的道路。」

料理師盯著希亞雙眼喃喃自語，這次又從圍裙的口袋裡抓了把黑色的粉末，往鍋爐裡撒下，眼球們在漆黑色的汁液裡載浮載沉，看起來格外驚悚。

「……難以解開的謎團。」

料理師拿出一顆有著黑色外皮的果實，即便他使盡全力想剝開外皮，但是那層外皮卻無動於衷，最後料理師乾脆將整顆未去皮的果實直接投入鍋中。

或許是不敢置信自己真的把整顆帶皮的果實丟入，料理師為難地看著湯水，並從高帽裡拿出湯杓，啜了一口。

「天哪，我第一次煮出這麼可怕的菜餚。」

失望透頂的料理師漱了好幾次口，眉頭深鎖的他卻突然高吼一聲「啊！」

「我知道了，原來是少放了東西。」

料理師敦厚地笑著，再次翻找圍裙前方的口袋，翻出一根細長的藥管。

「那不是我昨天送來的火藥嗎？」

裘德一見到熟悉的物體出現隨即出聲，料理師也點點頭，接著扭開蓋子將火藥倒進鍋子內。

如岩漿般的火紅色藥品緩緩流入鍋子底部，很快就使整鍋濃湯溫度升高，起了動靜。

「好戲上場了。」

雀躍的料理師拿起湯杓攪動著湯水。火花四濺，平靜的汁液在高溫加熱下逐漸滾起，冒泡的細微聲響呼應著火焰燃燒聲，包裹著凍霜的眼球也漸漸褪去寒氣。

「溫暖的情誼。」

料理師撈出溫熱的眼球，品嚐味道後輕輕點了頭。隨即自口袋中拿出牛奶倒入濃湯汁中。料理師的圍裙就像百寶袋般，有著取之不盡的材料。

濃郁的牛奶在濃湯裡繞出細緻的波紋，隨著湯杓的動作，剛才因為黑色粉末而呈現一片混濁的濃湯，如今變得乳白滑順。

「顯現的道路。」

濃湯冒出透明澄澈的泡沫，在如此乾淨純白的濃湯裡，一眼即能看見黑點，料理師揮動湯杓盛起方才那顆果實。

果實外層原本結實的硬皮，隨著溫度已呈現軟爛，用手輕輕一碰即能去除。裡頭包覆的果肉與外層黯淡的顏色相反，那是顆閃爍著白皙光芒的果實。

「解開的謎底。」

料理師將去皮的果實重新放回鍋內，關上熊熊大火，再次品嚐濃湯的味道，可想而知，其味道無須多語，料理師露出滿意的笑容。

「太棒了！真是道完美的濃湯！」

料理師似乎相當滿意這碗因希亞而獲得靈感的濃湯，不斷自嘴裡發出感嘆的字句。

「好久沒有開發新的菜單了，我真是心滿意足。啊，裘德！」

興奮不已的料理師在線繩間跳上跳下，這次一躍而至裘德前方的一條繩子。

「你要不要也來幫我？你剛才也看到了，只要站著讓我盯著你的雙眼就好，怎麼樣？可以吧？」

料理師的雙眼閃閃發亮，透出滿心期待。可是裘德卻無情地大聲回絕。

「為什麼是我！我才不要！」

裘德大力搖著頭，展現自己有多不願意，但此時的料理師已被重新點燃追求料理的渴望，他執著地懇求著裘德。

「別這麼無情嘛，以後你來配送藥物時我們還會見面，你這樣堅決拒絕我，我可是會受傷的喔。」

「那我不送藥給你不就得了！」

「哎呦，我不是這個意思啊！」

「有意見的話，以後你自己到地下室拿藥！」

裘德堅持己見，絲毫沒有退讓的意思，料理師怒皺著臉，瞪向裘德。只見裘德將下巴抬得更高，奮力地反瞪回去，不認輸地想挫挫料理師的威脅。

對於料理師而言，如果如此輕易就放棄創作，豈能是名稱職的料理師。裘德一直以來皆是料理師所渴望的對象，因為他為了配送藥品，踏遍了整座餐廳，其所見所聞，堪稱是餐廳裡最豐富多元的人，因此料理師鐵了心想自裘德身上找尋靈感，他想一探究竟這道因裘德而創造的料理將有多精彩動人。

僵持了好一陣子的對峙後，料理師決定提出一個獎勵條件，他擺出哀怨的神情，哭喪著臉，對著空氣喃喃自語。

「唉，好吧，裘德。既然這樣，我給你一份禮物，明天晚上我們表演團隊有演出，如果你願意幫我，我能給你門票……」

「什麼？真的嗎？」

一聽到「演出」兩字，裘德瞬間雙眼一亮，咬住魚餌。

「表演不是只有高層員工及VIP客人才能入場觀賞嗎？」

裘德開心得張大嘴，不過一見料理師令人反感的眼神又隨即板起臉。

「喔，是喔，好像不錯，那讓你看啊。可是一定要交出門票喔。」

裘德的眼睛透出光亮，似乎打從一開始就覬覦門票似的。料理師用鼻子哼了一聲，將手環抱在胸前，大聲說道：

「哼，我答應你啦！年紀輕輕就知道盤算大人……」

「叔叔別囉嗦了，快點開始。我只要站在這裡就好了嗎？」

裘德站好定位，直勾勾看著料理師，滿心不悅的料理師也將身子擺正坐好，直視眼前的雙眸。

「讓我來看看……」

料理師直盯著眼前那雙碩大的褐色瞳孔，嘴裡不時呢喃。

「真複雜，太複雜了。」

裘德不明白料理師此話的意思，只是眨眨眼繼續望著對方。料理師皺起眉間，開口說了一句話。

「……憧憬。」

「什麼？」

料理師的嘴裡吐出了一個意料之外的詞彙，裘德訝異得發出聲音，連在一旁的希亞也不明所以。專注的料理師沒有理會兩人，從圍裙前方的口袋拿出幾根骨頭，丟進下面的鍋子，骨頭打破原本沉默的湯水，下沉至鍋底。

料理師再次抬起頭，研究著裘德驚慌的雙眼，片刻後，料理師慎重地開口。

「亟欲隱藏……必須隱藏的……秘密？」

默唸其詞的料理師又將手伸進口袋翻找。張大雙眼的裘德，意識到事情不對勁，抖動著嗓音。

「我說，叔叔你是什麼意思……」

他眼裡閃著驚慌，以極快的速度撲向料理師，並用另一隻手遮住自己的雙眼。

「天底下哪有像我這麼善良的雙眼？秘密？我哪有什麼秘密。」

面對裘德強勢的反應，料理師也不自覺縮起身子，他拱起手，唯唯諾諾地替自己辯解。

「不是啦，這只是我的感覺而已……」

「什麼感覺？」

裘德再次瞪大雙眼威脅著料理師，料理師見狀趕緊閉上嘴，裘德又再次高吼：

「叔叔！哪有人這樣的？我又不是物品，哪有人單靠自己的感覺就判斷一個人！」

「好啦，是我對不起你！」

見平時不易發怒的裘德對自己大呼小叫，料理師帶著愧疚向他道歉。裘德瞥了眼料理師的態度，嘆了口氣後大聲嚷嚷道：

「如果可以拿到演出的門票……受傷的心應該能更快痊癒吧……」

「門票？什麼門票？啊，對了！你是指這個吧？」

愧疚的料理師從口袋拿出門票，將其塞在裘德的手裡。

「當然要給你了！要幾張都給你，趕快收下！有需要的話隨時再告訴我！」

料理師說可以帶朋友一同欣賞演出，又多塞了兩張票給裘德，現在裘德手上拿著足足三張票，他的臉上露出前所未有的燦爛笑容。

「謝啦，叔叔，你人最好了！」

單純的料理師看到裘德的臉上露出久違的笑容，也笑得開懷。現在似乎只有希亞以不可思議的眼神，盯著裘德看。

「那你剛才答應要借給希亞的鍋子呢？」

裘德無論現在有多開心，仍不忘該得到的東西，已經將鍋子的事忘得一乾二淨的料理師慌張地拉著繩索，奔向料理室內側，拿了一堆鍋子遞給希亞與裘德，他用溫柔、充滿善意的眼神，看向雙手拿著堆疊成塔的鍋子的兩人，並告訴他們隨時想要借用鍋子都沒問題。

「謝謝叔叔，明天我們會努力替你鼓掌的！」

「謝謝，使用完畢後會馬上歸還的。」

希亞與裘德發自內心地說著。

18

# 莉迪亞的房間

料理師好心將兩人送至門外，熱情相互道謝。

碰！

隨著關門聲響起，在空中熱絡搖動的手和嘴角同時往下一垂，希亞用眼角斜睨著裘德。

「幹嘛啦？」

希亞眼神透露出不解為何需要做到這個地步，裘德滿腹委屈嘟著嘴回答，並且帶上輕柔的微笑，將希亞手上的幾口鍋子分擔給自己，那是他溫柔體貼的一面。

「一起去看明天的表演吧。」

「哎，你真的是交涉高手。」

看著裘德緊握在手的演出門票，希亞也不再多說什麼，兩人跟著裘德隨性的話題，輕鬆地展開交談，緩緩走下翡翠色的階梯。

希亞忽地向前方探頭探腦，想知道離地下室還有多遠，不過希亞尚不熟悉餐廳那蜿蜒如迷宮般的階梯，看不出個所以然。

「裘德，地下室還很遠嗎？」

最後她選擇開口問對這裡最熟悉的裘德，只見裘德一臉困惑。

「地下室？我們為什麼要去地下室？」

希亞以為雙手提著鍋子，理所當然要回地下室，面對突如其來的問題不知道該如何回答。裘德眨動著那雙褐色雙眼，直勾勾地看著希亞。

「妳該不會想把這些鍋子放在雅歌的地方？」

希亞有些慌張，意識到自己似乎說錯了話，緊張問道：

「怎麼了？之前不也在地下室曬乾了藥草，她不是沒有生氣嗎？」

裘德左右搖頭，皺起眉毛對希亞說道：

「曬藥草的時候，是因為刻意選在雅歌看不到的角落所以才沒事。現在我們手上的是一個個鍋子，甚至還要將藥草放進不同的鍋子一起煮，數量可能會多得占滿整座地下室，雅歌難道會放任我們這麼做嗎？」

「那我們該去哪裡好？」

裘德咯咯笑，用手拍了拍希亞的肩。

「妳不用擔心，我想到一個好地方，快跟我來！」

裘德擺出神氣的表情，帶著希亞昂首闊步，希亞猜不透裘德想將她帶去哪裡，只好乖乖地跟在身後。

兩人穿梭在蜿蜒的階梯間好一陣子，裘德突然停在一座房門前，門外微微皺起的白色壁紙上，點綴著嬌嫩的花瓣，上頭吊著一塊破舊的木板，以歪斜的字體寫著「敲門後進入」。那扇門看起來荒廢已久，依照字跡來看，彷彿打開門後，會有名孩子坐在床上玩耍。

裘德用手推開那扇門，老舊的門沒有任何反抗，隨著推動的力道發出虛弱的哀號，好奇的希亞隨著裘德踏進房間。房內被凌晨的淡藍微光填滿，牆上貼著奶油色的壁紙，窗邊掛著粉色窗簾，角落有白色梳妝台，一旁有座放置幾本書的木色書櫃，還有一本燒得燻黑，猶如伸手觸碰便會沾滿黑炭的筆記本。此外房間還散落一地的藥罐與科學實驗室裡能見的機器們，盡頭有一口巨大的銀色鍋爐。

這座房看起來是名妖怪小孩的房間，希亞觀察著房內的裝潢，思索主人會是誰，雖摸不著頭緒，但看得出來這間房已經廢棄一段時間，家具爬滿蜘蛛網與厚厚灰塵。

「裘德，這是誰的房間？」

希亞想不出來可能的人選，並且以房間擺設來看，似乎不是能在餐廳工作的年紀。沒料想到，裘德的回答使她大吃一驚。

「這裡是莉迪亞的房間。」

希亞原先充滿好奇心的雙眼，驟然轉為警戒的眼神，她瞥見梳妝台上有把纏繞幾根紅髮的梳子，裘德笑了笑，將鍋子們放置在地。

「沒事的，莉迪亞擔任餐廳女巫時確實住在這間房，可是現在已經不屬於任何人了。」

看來僱用雅歌後，被解僱的莉迪亞也隨之被趕出房間。裘德似乎很滿意自己所選之地，露出得意的笑容。

「這間房足夠容納這些鍋子，距離地下室也不遠，隨時都能來確認藥草的狀態。」

然而希亞仍舊覺得愧疚，最後一次見到莉迪亞時，她曾變身為恐怖的怪物，最後還將她綁起來逃走，自己與那個孩子初次見面的過程不怎麼愉快，怎麼有臉使用她的房間煮藥。

「裘德，雖然這是莉迪亞以前的房間，但是她還沒離開餐廳，我們真的可以借用這裡嗎？」

希亞提出內心的擔憂，只見裘德一派輕鬆地點點頭。

「真的沒問題啦，其實自從莉迪亞被趕出去後，這間房就被當成倉庫使用了。不過有段時間莉迪亞會衝進來把存放在這裡的食材或物品用壞，之後就沒人敢進來了。」

裘德的回答沒有讓希亞放心，反而更加緊張。

「那在這裡煮藥草的話，莉迪亞會不會進來搗亂，把藥草都毀了……」

只見裘德揮揮手，安撫希亞。

「真的不用擔心，因為現在莉迪亞她……」

裘德未將話說完，含糊其辭地蒙混過去。

「總之不會有事的，我是考慮過才決定來這裡的。」

那雙溫潤的褐色眼眸與希亞視線交錯，勾起彎月的形狀。

「妳相信我嗎？」

「當然相信你。」

希亞沒有馬上回答，輕嘆了一口氣。

裘德是她在這個世界裡最得力的助手，也是她的朋友。聽到希亞回答而開心無比的裘德，嘴角比剛才笑得更上揚了。

「那我們就在這裡煮藥草了喔？」

看著裘德爽朗的笑容，希亞的臉上不自覺地起了紅暈，她刻意避開裘德的眼神，問了句僵硬的話題，同時若無其事地排好鍋子。

這裡是莉迪亞擔任餐廳女巫時所住的房間，因此房內也有水龍頭能方便取水，裘德身上帶著雅歌的火藥，一切烹煮的準備皆已完善，唯一的問題就是如果希亞要一個人將全部的藥草，分別放入鍋中並加水引火，需要花費許多時間。

希亞獨自來來回回忙碌著，在後方安靜地看著一切的裘德，最後淺笑了一聲，走上前去。

「給我吧，我們一起準備。」

兩個人協力之下，房內充滿著水在鍋內烹煮的聲音。

片刻之後，窗外已完全被黑夜籠罩，月亮與星兒也高掛在空，希亞與裘德這才完成手邊的工作。

「應該差不多了吧？」

莉迪亞冷清的房間不知不覺被煮沸的鍋子填滿，裘德滿意地看著擺滿地板的鍋子們，希亞聽見裘德的話語後也點頭環視房間。

「沒有落下的藥草吧？」

「都在這裡了，我有仔細數過。」

各式各樣的藥草在鍋中，因高溫將水染上不同的繽紛色彩。

「要不要回去了？現在雅歌應該已經發現我沒有幫她跑腿，正在到處亂發脾氣。」

裘德似乎這才想起雅歌這個恐怖的存在，滿臉憂愁地望著希亞。

希亞心懷愧疚看著裘德，她明白他是為了幫自己才會拖延跑腿時間。

「裘德，對不起耽誤你這麼久，讓我也幫你配送藥品吧，今天你都已經幫我這麼多忙了。」

聽見希亞這麼說，裘德只是燦爛笑著，用一隻手打開莉迪亞的房門。

「我的天哪，如果妳來幫我，反而會花上兩倍的時間，妳還不熟這裡的路不是嗎？又像上次衝破天花板回來怎麼辦？」

房外已是繁星點點，清爽的夜風貼上熾熱的臉頰，撫過希亞的髮絲。

先前希亞在鬥牛犬春子的指引之下，直接從一口大洞裡直通地下室，導致天花板破了個大洞，在那之後裘德不時拿這件事開玩笑，沒想到這討人厭的傢伙直到現在還不放過自己。

「隨便你啦，那我不幫你了，哼！」

難為情的希亞故意提高音量，跺著腳步大力往前走去。

「咦？希亞！」

「又怎樣！」

聽到裘德在背後大喊，希亞還以為裘德要跟自己道歉，結果卻換來截然不同的回應。

「地下室不是那個方向，是這裡！」

裘德的聲音強忍笑意，希亞故作鎮定，馬上轉身走向裘德所指。

「我記得的，好嗎？」

希亞一臉不在乎地快步走開，裘德咧嘴笑得很開心，隨即跟上前。萬般羞愧的希亞不想跟嘲笑自己的裘德併肩走在一起，刻意放慢腳步，與正走下階梯的裘德拉開距離，裘德不時轉頭用手勢催促希亞跟上，她卻沒有乖乖照做。

走了一陣子後，裘德已消失在希亞的眼前，希亞在人來人往的階梯上東張西望，地下室只要沿著階梯不斷往下即能抵達，因此無須擔心迷路，雖然妖怪餐廳占地廣闊，無法摸熟每個方向，不過她已大致掌握主要的幾個方向。

錯綜交織的翡翠色階梯的最高點，是僅限哈頓與餐廳高層員工們出入的場所，除了路易將她帶來餐廳的第一天之外，希亞不曾再踏入那個地方。她看著另外那端的階梯，下方大大小小的空間皆與餐廳有關，像是眼花撩亂的料理室、倉庫等等，也是雞蛋時間時雞蛋們會出入的地區。

在那之下即是客人實際進出的餐廳，希亞由於被禁止進出餐廳，因此沒有實際看過餐廳內部。但她時常經由寬敞的窗戶窺見華麗閃耀的水晶吊燈，也見過別緻的燈光下，客人們舉杯享用美酒、捲起蜘蛛網義大利麵的場景。每次經過餐廳時總能聽見輕柔優雅的樂音，以及杯盤、刀叉碰撞的清脆聲響。這些細節足以她拼湊出餐廳的情景。

希亞繼續走下階梯，揮別餐廳後抵達了地面，她抬頭即望向包圍城堡的美麗庭園，客人們摩肩擦踵地跨越庭園走向餐廳，嬌小的希亞身處在體型碩大的妖怪間顯得格外渺小，她繼續向下走去，走進階梯的一角。

「呃啊！我的錢，我攢了這麼久的錢……」

在角落的希亞往聲音的方向一瞅，有名妖怪身穿一件下襬極長的大衣，上方應該是頭部的位置壓著一頂帽子，臉部戴上一面白色且長有帥氣鬍子的面具，此外看不見雙眼的存在。希亞已經看慣了長相怪奇的妖怪，這對她來說稀鬆平常，加上隨著在這裡居住的時間增長，也見多了醉客喧鬧的場面。

「放開我！你們這些沒禮貌的東西，竟敢對高高在上的客人這樣……我這段時間在這裡花了多少錢！」

看來這位客人花光了錢，因此在餐廳大吵大鬧而被員工趕出門外。希亞平靜地看著那名被員工們拖出門外的妖怪，她的表情舊無動於衷，即使吃霸王餐的人不多，但天下什麼事都有可能。

她隨意看往他處，卻驚訝地將視線停留在某一角，那位客人的腳邊，有隻貓咪躲在隱密之處看著鬧劇的發生，以端正的姿勢坐在原地的貓咪，帶著一雙希亞熟悉不過的傲慢眼神。

那雙金黃與嫩紫，希亞不自覺開口說出了那個名字。

「路易？」

貓咪沒有理會希亞，逕自轉身消失在樹林間，化身為貓咪的路易究竟在這裡做什麼？

不過這次希亞並沒有上前追去，她只是緩緩朝向階梯，盡力不碰撞到唉聲嘆氣的客人，步下階梯。

映入眼簾的是材料儲藏室，寬敞的儲藏室由木板整齊地區隔出各種用途的空間，有著溫室、冷藏室、乾物儲藏室，以及飼養室。圍繞在繽紛的建築旁的透亮橘紅色燈火，不知不覺緩緩轉暗，隨著腳步往下，翡翠色的階梯也斷了去路。

接下來出現在眼前的是破爛老舊、腐蝕嚴重的木製階梯，其盡頭深入黑暗，無從窺見，只不過那是希亞最熟悉的房門，那扇舊式大門只要輕推即會發出駭人嘎吱聲。希亞深吸一口氣，緩緩走下發出哀號的階梯，朝位於餐廳最底部、最接近邊緣的雅歌地下室而去。

希亞推開門，熟悉的惡臭迎接了自己，她苦惱著明天應該做些什麼。渾然不知現在的苦惱，對比接下來幾個小時後即將發生的事，將是多麼美好又單純的苦惱。

微風吹進敞開的陽台，夏茲坐在椅子上，享受睽違已久的休息時光，雖然他闔上雙眼一動也不動，卻沒有入睡，涼颼的冷風在房裡吹散，沒入寂靜之中。

不久後，門外的敲門聲打破寧靜，夏茲依舊不發一語，敲響房門的人自動打開門，門邊出現的是路易的身影。

他看著癱在椅子上閉目養神的夏茲，開口說道：

「我有幾件事想請教。」

夏茲仍未睜開雙眼，像是聽不見路易的聲音，表情也無動於衷。當他發現路易沒有離開後，他緩緩開口說道：

「又要給我差事了。」

夏茲的語氣聽起來相當厭煩，路易不動聲色地接續說明。

「您構思好下一件要交付人類的工作事項了嗎？」

原本平和的面容瞬間蹙眉，夏茲自椅子上坐起。

「路易，我才剛從女王的宮殿回來，我也需要休息吧？」

「是這樣嗎？難道不是人類要先失敗，您才能自由自在地休息？」

「真的會有那一天的到來嗎？」

夏茲抬起如刀尖般的手指撫摸下巴，長有烏鴉黑羽的手指像是割劃著下顎線般，空氣隨之凝結，夏茲的瞳孔躍動著閃光，嘴角的笑使人不寒而慄。

「我這雙手，長年沾滿了鮮血，有可能重獲自由，得到平靜嗎……在你的眼中，我是那般天真幼稚的人？」

他的語氣尖銳逼人，像是隨時會往路易的胸口擲出匕首似的，路易的表情未起波動，直視遠方，他沒有愚笨到要急著回答，路易清楚此時任何回應都只會激怒惡魔，而夏茲也了解路易既有的應對方式，很快就鬆開了眉間。

「別板著臉嘛，真是無趣的人。我只是跟你開玩笑，關於那個女孩的事，用不著你提醒，我會自己看著辦。」

他轉為輕鬆的口吻，一邊將背靠向椅上。這可是關乎他的人生事件，怎麼可能敷衍了事，只是需要些喘口氣的時間罷了，他一點也不想被他人嘮叨或命令他該怎麼做事。

「如果你還有話要說就快點說完。」

路易極度厭煩浪費時間，對於夏茲毫無意義的嚇唬與玩笑感到些許不耐煩，他低頭確認了一下手錶後，輕輕皺起眉間開口說道：

「那麼另一件事情，即是前不久未盡職保護好機密文書的那頭龍。」

夏茲聽到已經拋在腦後的熟悉名字，隨即抬起頭。

「原已計畫將他製成龍蝦排，不過他本人卻主張夏茲已經撤回命令，拒絕料理師們的追捕，造成相關人員很大的困擾。」

夏茲不禁嗤笑了一聲。

「真是個不善罷甘休的傢伙。」

「您打算怎麼處理？」

夏茲簡單地回答道：

「放過他吧。」

路易聽見意外的回答，挑起了一邊的眉毛。

「跟那種不會乖乖束手就擒的人硬碰硬，只是浪費時間，反正飼養室不是很多可以當作食材的龍嗎？」

雖然夏茲的表情在路易眼中看來更接近於辯解，但他沒有多做反應。

「……我明白了，那麼我前來詢問的事項到此結束。」

優雅的手勢推動了單片鏡，路易轉身邁步向房門而去。眼見終於能擺脫路易後，夏茲難掩開心的神色，路易道著老套的告別，轉開門把。

「在下告辭。對了，明天將有舞台演出，隨後會請人將門票送過來。」

「你不是知道我是個大忙人嗎？」

——雖然一有表演就會送門票來，是很令人佩服啦……

夏茲看著路易的背影，用鼻子哼笑了一聲。

路易開門走出去之時，轉頭回望夏茲，嘴角帶著一絲神秘的微笑。

「是嗎？」

雖然路易沒有理由期待夏茲的大駕光臨，但由路易擔任團長的餐廳表演團隊，是專門提供給餐廳頂級貴賓與高層員工的餘興節目，因此每次有演出時，必然要將門票給予高層員工的夏茲。只是這次的情況有所不同。

「這次的門票也有送至人類女孩的手中，如果您無法前來的話，那真是太可惜了。」

路易留下一句突如其來的話後，隨即關上門離去。

夏茲獨自在房內，琢磨著那句話語的意思。不久後，夏茲的嘴角勾上一抹邪佞的笑，他開始滿心期待，第一次入場觀賞路易的舞台，會擁有怎樣的演出。

19

# 充滿危險的演出

在莉迪亞的房內將藥草全都入鍋烹煮後，疲憊不堪的希亞一回到裘德的房間就癱軟在床上沉沉入睡。

當她自惡夢中甦醒時，天光仍一如往常是那片西沉的暮色。希亞走出陽台，盯著朝餐廳而去的客人們，眼前簇擁而至的人潮，讓她想起昨晚因為弄丟了錢，在餐廳前大吵大鬧的醉漢，也想起在一旁冷眼旁觀的路易。

雖然無從得知路易為什麼會出現在那裡，不過希亞知道今天見到路易時，有話必須對他說。今天正是魔術秀的日子，身為團長的路易必定會出席。

希亞急忙套了件薄外套就走出房間，園藝師告訴她藥草必須熬至冒出水蒸氣為止，希亞認為藥水煮滾至冒煙不需要太多時間，她侷促地加快速度，想趕緊察看。

雅歌窩在地下室的一角，口裡嚼著平時穿的深粉色洋裝袖上的蝴蝶結，濕冷的空氣緊貼希亞的皮膚，她不由自主發顫，加重力道大步走著，想抖去身上的寒氣。

——趕快去一趟後，回來沖個澡，再去茶之房吃點東西吧。

急忙步出地下室的希亞，踏著被夕陽染紅的蜿蜒階梯，穿越熙熙攘攘的妖怪間，直直走往莉迪亞的房間。她心急地推開門，所幸看來沒有被破壞，藥草皆完好地浸泡在鍋內，只是一股失望隨即湧上希亞的心頭，每個鍋子皆是煮沸的狀態，卻沒有冒出任何的煙霧。

正常的狀況下，水一旦煮滾即會冒出陣陣白煙，那為什麼這些藥草卻如此異常……希亞所剩的時間緊迫，這一個月的期限每分每秒都很珍貴，現在的她已經耗費了許多時間，之後即便等到藥草的沸水成功冒煙，也需要花時間研究找出與人類心臟相似的藥草。

——看來真的如雅歌所說，要是這之中沒有解藥，我必須要想出對策才行。

希亞長嘆一口氣，不安盤據心裡的每個角落，仔細查看每一個鍋爐後她無奈地走出門外，她知道現在什麼也做不了。沉澱片刻後她安慰著自己。

——沒事的，相信不用等太久就會冒煙，等表演結束後，一定就會冒煙了。

希亞極力說服自己往回走去。一路上，許多妖怪碰撞著她嬌小的身軀，她咬緊嘴唇，努力維持平衡，好不容易才走回地下室。

陰暗的地下室裡，雅歌用那隻被粉色戒指勒得緊繃的粗手指搔了搔手臂，睡得香甜。裘德已經起床，正乖巧地摺著被子，身旁卻站著西洛，吵吵鬧鬧地說著話。

「天哪，希亞小姐！」

西洛一見到希亞，隨即停下剛才的滔滔不絕，開心得露出燦爛的笑容。

「西洛？」

希亞對於西洛的到訪相當意外，眼睛瞪大得如圓盤般。她最後一次看見西洛是她自西洛手中搶走文件的那天，希亞原以為西洛會埋怨自己，結果西洛卻是笑臉盈盈地看著她，使希亞感到一頭霧水。

希亞將視線移往裘德身上，想知道問題的答案，意識到那股視線的裘德，激動地抖動著嘴唇。

「希亞！」

——怎麼連裘德也很激動，到底是發生什麼事了？

沒想到裘德接下來說的話，讓希亞更是難以置信。

「西洛說他昨天跟夏茲一起從女王的宮殿回來耶！而且還是脫逃出來的！」

「什麼？」

希亞不自覺提高音量，夏茲是那個使她恐懼，卻也同時是攸關她性命的惡魔，而西洛卻與那個人一同去了宮殿？她想起先前雅歌曾說過夏茲與女王的關係，若是她沒有記錯，女王是追捕夏茲的頭號人物，哈頓正是看準這一點，因此無視夏茲的意願，命令他負責去女王的宮殿獻貢，讓夏茲必須遭受女王的攻擊，使夏茲每每渾身是傷，藉以挫去他的銳氣。

雅歌告訴希亞的故事片段逐漸在腦中浮現。她訝異地睜著雙眼，看著西洛口沫橫飛，不斷炫耀背上和女王的軍隊激戰後所留下的疤痕。

「西洛，夏茲這次是怎麼惹哈頓不開心，才被派去女王的宮殿？」

當希亞開口提問時，西洛因為終於得到所有人的目光，洋洋得意地回答道：

「希亞小姐，關於這個我就不清楚了。」

但是西洛的回答並不全是失望。

「但有一點我很清楚，那就是我擊潰女王的千軍萬馬，將夏茲救了出來。」

西洛語畢後，呵呵笑著，一旁的裘德聽得瞠目結舌，希亞卻獨自陷入深思。

夏茲是自己能否存活下去的關鍵，必須將其拉攏為同一陣線的重要人物，因此她必須盡可能了解關於他的所有事情。

「西洛你怎麼會跟夏茲一起去女王的宮殿呢？」

西洛一聽，嘴角隨即勾起笑容。

「因為他原本命令人把我煮了。」

意想不到的回答讓希亞有些混亂，只見西洛笑著保證日後不會再有這種事了。

「西洛，夏茲現在在哪裡？」

希亞心想，從西洛的口中聽這些含糊的回答，不如直接了當問清楚夏茲在哪裡比較好，怎麼知道西洛卻掛著招牌笑容說：

「希亞小姐！我也不知道他會在哪裡，雖然在我來地下室前，似乎有聽到夏茲又不見的消息啦。如果妳想找他，可以等稍後看演出時再去找看看，畢竟他是餐廳的高層員工，一定有演出門票。」

希亞直到現在才發現西洛手上握著門票，裘德從濃湯之房拿到了三張票，看來似乎把其中一張給了西洛。裘德與西洛還沉浸在英勇逃出女王宮殿的故事，唯獨希亞垂下了頭。

裘德發覺希亞表情的異樣，認真地對她說：

「我賭上我的三位女朋友對妳保證，夏茲不會來看表演的，因為他從未出現在會場過，妳想想那種冷血的傢伙，有可能對撲克牌魔術有興趣嗎？」

希亞直勾勾地看著裘德，他這才連忙改口。

「啊，不是三位啦，最近是兩位。」

眼見希亞的眼神沒有出現變動，慌張的裘德趕緊起身，轉移了話題。

「天哪，都幾點了，表演快要開始了，我們也趕緊過去吧。」

「對呀！我們趕快出發！」

裘德整理著格外得體正式的衣著，終於能進場欣賞演出的西洛也非常興奮，等不及地跺動步伐。

「……你們先過去吧，我大概知道夏茲在哪裡。」

面對興奮的兩人，希亞的聲音是那樣低沉無力，現在的她若是不善用時間，隨時都得面臨心臟被奪去的危險，哪有心情去看魔術表演。當初也只是為了找路易談話才決定去會場的，沒有必要如此準時進場等候。

「夏茲？妳要對那頭冷血的怪物說什麼？」

裘德訝異問道，希亞維持一貫的冷靜語氣。

「我有事情要問他，他的答案關乎我接下來能做的事情。再加上若能早點說服他，對我也是有幫助的。」

雖然之前與夏茲的碰面都是失望收場，但這是她現在唯一能做的事，若什麼都不做，她等於是坐以待斃之人。

「……好吧，妳不會迷路吧？今天的表演不是單純給客人欣賞，而是特別給尊貴的ＶＩＰ顧客與餐廳高層員工欣賞的演出，所以是在會場上演，而不是餐廳喔。」

裘德多次親眼看到希亞在妖怪島上迷路，因此很擔心她，但希亞卻自信滿滿地點點頭，她之前有路過會場的經驗，所以清楚知道會場的位置。

「妳不要把票弄丟，早點過來，不要到處亂晃讓自己遇上麻煩，外面多的是看著妳流口水的妖怪，一定要小心，若是遇到雞蛋們也別花太多時間跟他們講話。」

聽著袞德的叮嚀，希亞靜靜點頭。

「別擔心，我會小心的。」

「夏茲那個臭惡魔，妳是要去哪找？找到了又能怎樣？」

袞德眼見說服不了希亞，只好一股腦地嘮叨，西洛也在一旁附和，說些等表演結束後再找夏茲就好的話語。然而希亞絲毫沒有動搖，低垂著頭。

面對毫不讓步的希亞，兩人也只好走出房間前往會場。此時希亞忽地想起某件事，追上前去。

「西洛！」

西洛聽聲回頭，見到希亞急忙地朝自己大吼。

「對不起！那時候我不經你的許可，就擅自拿走機密文書……」

雖然那是希亞不得已之下才做的行為，但還是必須向西洛道歉。西洛雖沒有出聲回應她，卻帶著滿臉笑容，用那雙溫暖的黃金色雙眸溫柔地看著希亞，露出彷彿已了然一切的神情。

放下心中大石的希亞，轉身回到袞德的房間，她快速地關上了門，呼出一口氣後，用指尖將門上鎖，隨後朝著不速之客的藏身處，用鼻嗤了口氣。

「趕快出來吧你。」

希亞呼喊了那個人。

「呵呵。」

夏茲將自己現身於光線之下，並吐出一句讚嘆。將手輕輕放入口袋，一身來散步的悠閒姿態。

「連敏銳的龍族都沒有發現我，區區一個人類怎麼發現的……」

夏茲嘴角勾著笑，走到希亞面前。

「妳的觀察力有這麼好嗎？」

他彎下腰，直盯著希亞的雙眼。

「妳是怎麼知道的？」

從夏茲頻頻發問的模樣看來，他似乎相當好奇答案。畢竟他長年來都能躲避眾人目光，來去自如地作奸犯科。如今竟被人類發現自己的蹤跡，他急迫地想知道人類有何種能耐。但希亞不想回答，她明白就算回答了，夏茲也不會因此認同她。

希亞不甩夏茲，逕自問道：

「你來這裡要做什麼？」

夏茲搖搖頭，用冰冷的語調開口：

「妳還沒回答我的問題。」

希亞最後還是必須回答，即使她不想被夏茲牽著鼻子走，但她沒有選擇權，因為她想問夏茲的問題太多了。

「當我聽西洛說員工們又在找你時，我就想到你會在這。因為之前他們四處找你時，你就在陽台上，所以我猜你這次也可能在這，才出聲試探看看，結果……」

「結果我真的在這？」

夏茲代替希亞講完話，臉上閃過駭人的笑容。

——究竟該怎麼做，才能抹去他臉上那可怕的笑容呢？

當希亞苦思時，陽台外傳來員工們尋找夏茲的聲音。

「你到底受到多嚴密的監視，消失一下子就派那麼多人來找你？」

希亞拉上窗簾，她有無數個問題想問夏茲，若這時被其他員工打擾就不好了。

「誰叫路易那傢伙那麼嚴格。」

夏茲爽快地回答了希亞的問題。

「路易的工作還真多，要監視你，要帶我去奇怪的地方，甚至還身兼團長。」

一聽到路易的名字，希亞感到一陣沉重，不由自主地嘲諷了一番。夏茲似乎很滿意希亞的反應，接續問道：

「我剛才聽到你們的聊天內容，看來你們要去看表演啊？我本來一點興趣也沒有……不過現在我改變想法了。」

漆黑無盡的瞳孔直盯著希亞，少年喃喃說道：

「要不要一起去？」

聽到出乎意料的提議，希亞停頓了片刻。

「什麼？」

希亞察覺到異樣。

「你應該不是對撲克牌魔術有興趣，才想去看表演吧？你在打什麼主意？」

她似乎錯過什麼重要的徵兆了。

「這話真傷人，難道我不能喜歡看魔術嗎？」

夏茲的手上突然亮出一把匕首，他熟捻地像耍雜技，將尖銳的匕首在手上繞轉，呈現銀白色的圓形，他慵懶地看著希亞。

「難道因為我很『冷血』嗎？」

希亞的後頸感到一陣冷颼。

冒出陣陣冷汗的希亞，不敢輕舉妄動，只能盯著由刀尖劃出的圓形看去。

「裘德不是真的認為你冷血。」

希亞亟欲想保護朋友，所以脫口而出，但她卻在夏茲的臉上看到了一絲不悅，倉促之下趕緊轉換話題。

「所以你來找我到底有什麼事？」

維持相同速度旋轉的匕首瞬間抵至她的下巴，使她抬頭一望。

「要不要等看完表演再說？」

少年的目光轉至房間牆壁上的老舊時鐘。

「要是錯過路易的撲克牌魔術表演，就太可惜了。」

只是希亞並沒有聽話的打算，她瞪著夏茲往後退一步，快速脫離那把抵著下巴的刀尖。

「你不是從沒看過表演，為什麼今天突然這麼有興致？而且你還沒回答我，為什麼來地下室偷聽我們講話。」

夏茲收起匕首，不屑地看著希亞。那雙宛如空洞的眼睛實在讓人難以直視，但希亞還是極力不避諱夏茲的視線。

「用不著我多說明，等表演結束後妳就會明白。」

夏茲若無其事的語氣，聽起來像在警告某件重大的事情般。「等表演結束後妳就會明白。」他的聲音如催眠般湧上，相當詭異，表演結束後究竟會怎麼樣呢……

「妳隨後就會知道了，我們趕快出發吧。」
「你得先回答我啊……」
「這樣不是讓人很期待嗎？」
「難道你設下陷阱了？」
「妳覺得呢？」
面對夏茲莫名其妙的問題，希亞抬起頭，只見少年臉上掛著那抹使人戰慄的微笑，希亞全身感到一陣戰慄。
「……我才不要去。」
她的聲音因恐懼不自覺地發抖，但她並沒有退讓，甚至搖搖頭往後退了幾步。
「你自己去看表演。」
費盡心思覬覦自己心臟的男子，突然找上門邀約去看表演，這種事任誰都能發現不對勁，希亞相信會場一定設下了危險的陷阱等著自己上門。
「真的嗎？妳確定不去真的沒關係？」
希亞摸不透夏茲如此執著的理由，夏茲也知道希亞的當務之急就是尋找解藥，哪有心情去看魔術表演。雖然希亞是有話想對路易說才打算前往的，不過夏茲的反應讓她覺得事情不單純，與路易碰面的事可以之後再談。

「真的沒關係，請不要管我了。」

即使希亞已經開口請求，但夏茲仍搖搖頭，無奈希亞聽不懂自己的話中有話。

「才不是因為表演。」

少年親切地向少女解釋。

「我是指妳的朋友們，他們不是去看表演了嗎？」

夏茲一個字一個字講出這句話，用眼神示意希亞得要聽懂話中話才行。一聽見夏茲講出朋友們，希亞的心頭頓時一沉，身體也開始打顫，她彷彿隨時會雙腿無力癱坐在地。

「你想要對裘德和西洛做什麼……」

夏茲笑得很燦爛。

「妳還是堅持不去嗎？」

「唉……」

希亞嘆出了絕望至極的一口氣，面對已經有著答案的問題，她痛苦萬分。

「我當然要去，走吧。」

她又能如何，沒有第二個選擇的餘地，絕不能眼睜睜看著朋友們身陷危險之中，而置之不理。

# 20

# 路易的騙局

希亞不情願地與夏茲一同走入會場，眼前的盛況讓她大為驚豔，會場的天花板高得像要直達天際般望不見盡頭，如山脈綿延至頂部的壁面鑲滿色彩奪目的寶石與珍稀裝飾，不僅如此還掛滿各式各樣的畫作，緊湊得不見縫隙，而燭台就那樣巧妙地安放在華麗的裝飾品間，成為照亮會場的唯一光源。

往下一望，紅色的座椅填滿整座場地，座位區圍繞著正中間的舞台。離正式演出尚有一段時間，耳邊依稀能聽見滿場觀眾交談的聲音。

看著眼前奇特壯觀的盛況，希亞失了神。夏茲與現場引導的工作人員交頭接耳說了幾句話，他微微彎下腰在希亞耳邊說道：

「我的職階比較高，座位在ＶＩＰ席，跟妳的位置有段距離。」

真是個好消息，希亞的眼神緩緩從會場移至夏茲的臉龐，他的臉上映著昏暗的燭光。

「太好了，那你趕快去你該去的地方吧。」

希亞表情僵硬地說道，夏茲挺直腰桿，露出神秘的微笑，他雙眼直盯著希亞不放，緩步離去。

希亞不甩如毒蛇般虎視眈眈的夏茲，轉頭確認門票上的編號，因為裘德與西洛的座位就在她的旁邊，只要找到座位就能找到他們，無論夏茲想要什麼把戲，只要在開演前帶大家逃離這裡就安全了。

她心急地看著門票，不斷左右張望，隨即發現興奮得跳來跳去的裘德與西洛。

「裘德！西洛！」

希亞大喊著兩人，加緊腳步飛奔過去，夏茲一定在這裡設下了陷阱要危害她的朋友們。

「快點跟我來。」

「希亞，妳終於來了啊。」

待希亞奔到兩人身邊時，裘德雀躍地喊著名字，西洛則是擺出上流社會人士的模樣，優雅地揮手。然而希亞無法表現出任何開心的情緒。

「現在不是打招呼的時候了，我們要趕緊逃離這裡，快跟我來！」

面對突如其來的催促，兩人面露困惑，鬱悶的希亞正想告訴他們來龍去脈時，場內的廣播聲掩蓋過希亞的聲音。

「演出即將開始，從此刻起表演會場禁止出入……」

那道注意事項的廣播語調，溫柔阻止了希亞，會場邊高聳尖銳的大門已經重重闔上，毫不知情的裘德與西洛滿心期待著表演，僅有希亞感到眼前一片黑暗。

她抬頭一望，瞧見夏茲坐在格外高級舒適的座椅上，他對希亞漠不關心，只是盯著舞台，從夏茲無神的雙眼裡，希亞明白一件事。

——已經沒有脫逃的路了。

當她與惡魔步入這座華麗監獄的那刻起，就注定要落入陷阱之中。

整座會場陷入寂靜，比剛才更加昏暗的光線之中，一道沉穩的皮鞋聲自舞台清脆傳來。

噠、噠、噠噠。

喀噠、喀噠、喀噠。

喀噠、喀噠、噠噠噠。

原本規律一致的鞋跟聲響，逐漸踏出律動，隱約的光線裡看不清妖怪的模樣，但踢躂聲卻愈漸絢爛高昂。

漸入高潮的踢躂聲瞬間戛然而止，會場裡的一舉一動也隨之靜止。突然迎來的沉默使眾人心跳加速、屏息以待，希亞在這陣漆黑的無聲裡只感受得到手心不斷滲出的汗水。

下一秒，一道聚光燈降臨在舞台上，踢躂聲的主人以沉著的目光望向觀眾席，希亞一心以為是由路易開場，她不抱期待地冷眼看向燈光的落點，然而她卻看見一張陌生的臉蛋。

那個人有張毫無血色的臉，下巴尖銳，掛著一張血紅的雙唇，他的身軀如削尖的冰柱，身披長及地板的大衣，貌似中年的妖怪，散發著一股高雅端莊的氣息。

「首先，非常感謝各位貴賓撥冗蒞臨，我乃愛德華伯爵，相信今晚精彩的演出將成為貴賓永難忘懷之夜。」

他將視線掃過台下的觀眾，輕柔說道，他的聲音聽不出任何刻意加重的力道，卻帶著震懾人心的效果，會場蔓延著難以言喻的緊繃氣氛，當他介紹自己的名字時，觀眾也不自覺跟著複誦，就連希亞也被迷惑似的張開了口。

——愛德華伯爵……

「我是一名吸血鬼。」

他的聲線輕柔如煙，一字一句繚繞於空氣，直接沁入腦門。

「吸血鬼最擅長催眠，由我負責這場演出的開場正是為此。」

愛德華伯爵的聲音好比陣陣海浪襲來，浸濕猶如沙粒般的細碎雜念，即便是如何精心打造的沙堡，也會在輕柔卻極富侵蝕力的海浪下崩塌，且是在當事人神不知鬼不覺的情況下。

「我現在要催眠各位貴賓。」

伯爵的臉上揚起風度翩翩的微笑。

「在我看來，或許有某幾位已經陷入催眠了……我在餐廳負責釀造葡萄酒，若是您有淺嚐過葡萄酒，那代表已經被催眠了。」

他的聲音在耳邊聽來比地球的重力還要強烈，緊抓著每個妖怪的靈魂深處，極具魅力的語調撫過耳膜，神秘的笑容迷惑住每個人，一旦看見他血紅的瞳色，觀眾每個皆聽話臣服，任他操控。

「為了帶給貴賓們如夢似幻般的夜晚，讓我們盡情沉浸在接下來的豐富演出，這是如搖籃曲般的催眠術……」

那聲音猶如大提琴的樂音，低沉又溫柔，彷彿壓低了心跳的速度。觀眾們像是融化的巧克力，任由那道聲音恣意享用，甚至被吞噬也毫無抵抗力。

成功掌控全場的吸血鬼，從大衣中拿出菸斗，點起一把火將其點燃，深深吸了一口氣，他看起來仍舊高尚優雅，他的菸斗冒出濃烈煙霧，吸血鬼挑起一邊眉毛，望著台下的觀眾。

「那麼，表演正式開始。」

當吸血鬼語畢後，菸斗冒出的濃密煙霧隱蔽了他的蹤跡，消失在舞台上。

優美的伴奏響起，舞台上霧氣繚繞，如凌晨時分的湖面，不久後煙霧漸散，美麗的旋律在耳邊細絮。

當霧氣全然散去後，一名擁有蜘蛛腳的芭蕾舞者在空中飛舞，用全身演繹著淡雅的音符，舞姿曼妙優美。

希亞如痴如醉地凝視著芭蕾舞者，但她很快就發現那名舞者並沒有在跳舞，她甚至長得也不像尋常的芭蕾舞者，她的雙腳太過纖細，以致穿不了芭蕾舞鞋。她一邊拉扯著蜘蛛網一邊舞動，優雅地穿梭於空中，輕柔地抽出雪白的蜘蛛絲，並用纖長的腳肢仔細地將其揉細。在朦朧之中閉上雙眼，還能聽見樂音中夾雜著歌聲。

**落雪。**

**一片雪花明逝去。**

**一片雪花意背叛。**

**一片雪花表忘卻。**

**落雪覆蓋這世界。**

**我如即將翻覆的船，淹沒於雪間……**

**睜開雙眼，那名壓低帽沿、身穿大衣的男子就在眼前，**

**熟知技法的他，施了魔術，**
**我在他所造的蒼白世界裡暈頭轉向，**
**喘不過氣，**
**冬雪融盡，春日將近，**
**待那時我將欣賞那名男子的魔術，**
**看著那無止盡的戲法，心生憐憫，**
**拍、拍、拍。**
**其實我心知肚明，**
**這片銀白非雪花，而是油嫩櫻花，**
**春日已然覆蓋大地。**

那道歌聲是自己熟悉的聲音，希亞找尋著歌聲的主人，見到吵夫人在舞台一側，穿著如水晶吊燈般華麗的禮服唱著歌。不知道她是否感到緊張，整張臉比平常來得慘白，身體也抖動得相當不自然，甚至比之前在茶之房聽到夏茲名字時還要嚴重……

希亞察覺到吵夫人不安的眼神正極力避著某個方向，不禁心生同情的希亞垂下了眼角。

——吵夫人好可憐，要在砍斷自己脖子的人面前唱歌，這是多麼殘忍的事。

不過儘管在殘酷的事實面前，吵夫人的歌聲卻絲毫不受影響，那普通人無法發出的美妙歌聲，透過管子傳出，圍繞著會場。吵夫人面前有著演奏樂器的樂團妖怪們，雖然看得出妖怪們皆訓練有素，但有一位用剪刀與鉗子取代手指彈奏鋼琴的妖怪，其樂音格外吸引人。

當希亞將注意力放在吵夫人與樂團時，舞台中央的蜘蛛芭蕾舞者已經將整座舞台用蜘蛛絲裝飾完畢，在密密麻麻的蜘蛛絲間，那個女人快速移動至舞台邊側。

當女人正要消失的瞬間，愛德華伯爵緊接出現在台上，他緊盯著蜘蛛芭蕾舞者，不知是不是想與之共舞，他用低沉的嗓音哼唱著方才吵夫人的小調，朦朧神秘的氣氛，讓人即使聽不清楚歌詞也能被他蠱惑。

被愛德華伯爵催眠的蜘蛛芭蕾舞者，陷入自己是隻蝴蝶的幻想，使勁地舞動翅膀，吃力地用無法真實飛起的雙手攪動空氣，看起來有些可笑，甚至被自己所編織的蜘蛛網困住……

正當觀眾們看得哈哈大笑時，希亞轉頭找尋夏茲的身影，夏茲看似對於演出內容提不起興致，整個人身陷椅子內，還用手托著下巴。希亞再度轉頭望向舞台，蜘蛛芭蕾舞者亟欲想掙脫天羅地網，奮力扭動身體，希亞接著又轉頭看著夏茲，夏茲只是緊盯舞台上的鬧劇。

希亞回頭時，有一名雜技演員盪著女人所編織的蜘蛛網來到舞台中央，興奮的裘德拍著希亞的肩。

「那不是濃湯之房的大叔嗎！」

裘德在觀眾間壓低聲音，希亞也點點頭，大叔在料理室盪繩索的實力已經相當厲害，現在能在舞台上看見這番神奇光景，更加令人敬佩，大叔靈活的身軀，驚險遊走在纖細的蜘蛛網間，觀眾們無一不讚嘆萬分，不時還能聽見驚呼聲。

——夏茲會對料理師的技藝感興趣嗎？

希亞好奇地又再度看向夏茲，果不其然夏茲一臉乏味，但是他似乎意識到希亞不斷投向的目光，這次換他轉頭盯著希亞看。當兩人視線交錯時，希亞裝作若無其事趕緊撇過頭。

舞台上濃湯之房的大叔像搭著雲霄飛車，來回穿梭於蜘蛛網間，他爬上蜘蛛網的頂端，用一隻腳做出原地旋轉的動作，音樂也隨其動轉為驚險躍動的音符，完成高風險旋轉動作的大叔，謹慎爬向蜘蛛芭蕾舞者掙扎的方向，蜘蛛網因芭蕾舞者的掙扎而劇烈搖晃著，大叔時站時轉，好不容易才靠近舞者的附近，當他靠上前時，大叔從圍裙裡拿出了一把菜刀。

咚！

隨著觀眾們如雷的掌聲，蜘蛛芭蕾舞者也自蜘蛛網中掙脫，她用美麗的蝴蝶姿態向大叔行禮後，踏著優雅的步伐離開舞台。

解救完芭蕾舞者的大叔或許筋疲力盡，他靠在蜘蛛網上打哈欠，整個人躺在即將斷裂的蜘蛛網上，睡眼矇矓地眨動眼皮，當他徹底放鬆時，蜘蛛網應聲斷裂，可就在他要墜落於地的瞬間，舞台上的一切轉眼消失得無影無蹤。

隨著第一項演出的結束，樂聲也畫下休止符，樂團與吵夫人揚起笑容，向觀眾們敬禮致謝，心滿意足的觀眾們也給予滿堂喝采。此時希亞轉頭看向夏茲，發現夏茲正盯著自己不放，那雙深黑的瞳孔緊抓著希亞，雖然希亞想讀出夏茲眼神的寓意，但那是不可能的事情。

——你究竟在打什麼算盤？

希亞的眼神透露出心中的困惑，夏茲見狀浮出輕蔑的笑容，希亞收起怒瞪夏茲的眼神轉過頭，此刻觀眾們也停下了喝采聲，等待著下一項演出。

當希亞再度將視線望向舞台時，她將提防夏茲的事遠拋在腦後，專心欣賞台上的節目。

舞台上，有名長著紅鶴翅膀的美麗女人。她從蜘蛛網上抽出一根線絲，然後以釣魚的姿態，把原本舞步整齊劃一的舞者、演出搞笑短劇的團員和雞蛋，以及長相奇特的動物們一一釣了起來。

節目內容使台下觀眾看得不亦樂乎，希亞也深受吸引目不轉睛地盯著舞台，當最後一名演出者被釣走後，整座舞台像片廣闊宇宙般寧靜。

一道聲響劃破黑暗，希亞瞬間就認出聲音的主人，那規律的步伐、端莊的身影，以及那不帶感情的冰冷嗓音。

「各位貴賓好。」

他走進明亮的光線中，一如往常的西裝筆挺，手上拄著拐杖，另一手推動單片鏡，用銳利的眼神掃描所有觀眾，他身穿深灰色西裝，籠罩著一股陰暗氛圍，全身彷彿只有紫色與金色的異色瞳發著光。

他舉起手脫下禮帽，朝觀眾彎腰致敬。

「我是團長路易。」

他行為舉止流露著紳士氣息，當他一出場，全場的氣氛可謂達到最高點，所有觀眾都是為了路易的魔術秀慕名而來，路易從容不迫地享受觀眾對他的高度期待與歡呼。

「首先我將挑選一名貴賓，協助接下來的魔術表演。」

他的意思並非開放大家自願參加，而是要親自篩選中意的人選，他冷靜地環視台下，金色與紫色的異色瞳停留在希亞的身上。面對路易強烈的眼神，希亞也不甘示弱地狠瞪那雙冰冷的眼神。

「請問您願意當我的助手嗎？」

隨著溫柔嗓音，路易伸出手指指向了希亞的上方，訝異的希亞也隨著路易所指的彼方望去，那裡坐了個面具上長有鬍子的妖怪，怎麼似乎有些眼熟。

妖怪被突如其來的選定感到詫異，潔白面具上的鬍子不自覺地蠕動，眾人的視線集中在他的身上，他微微顫抖整理大衣後，走上舞台一側。

「方便詢問您的大名嗎？」

路易謙遜有禮地問道。

「……維茲沃斯。」

那名觀眾有著一個相當罕見的名字。

「維茲沃斯先生，謝謝您願意當我的助手。」

路易向緊張的維茲沃斯道謝，雖然他僵硬的聲音聽起來不帶一絲真心。路易掛起了神秘的微笑。

「既然您願意上台，我當然也要送您相當的贈禮。」

路易朝維茲沃斯伸出右手，原以為是要和他握手，結果他手上有著四張覆蓋的撲克牌。

希亞心中的期待油然而生，從她第一次遇見吵鬧夫人時，就聽說過路易精湛的魔術秀實力。

「這裡的四張牌，各自有不同的花色。」

路易看著眼前的維茲沃斯。

「請您選出一張牌，根據您選的花色，將得到相對應的獎賞。」

魔術師所給的獎賞……這是多麼誘人的話語，舞台上的燈光集中在兩人身上，台下所有觀眾皆屏息等待著結果。

路易沉著的聲音緩解了整場的期待。

「抽到方塊是財富。」

柔滑低沉的聲音宛如在攪拌融化的巧克力般，誘惑地耳語著。

「抽到紅心則是愛情。」

像在催眠眼前的人般，他的語調與光線交融，縈繞著手上的四張牌，眾人也目不轉睛地盯著那副牌卡。

「抽到梅花代表健康。」

路易在全場注視之下親切地介紹四張牌卡的寓意。

「黑桃則是名聲。」

四種選項皆是眾人所求。因為不想漏看任何一張牌，戴著白色面具的妖怪緊盯路易手上的牌，然而卡牌背面朝上，他是不可能確認花色的。片刻躊躇後，他選了第三張牌，翻過來一看，上頭畫了顆紅色的愛心。

「您選中了愛情。」

路易津津有味地說著，維茲沃斯的臉上掩飾不住失望的神情，路易笑了笑。

「從您的反應來看……似乎不滿意這份獎勵。不過您無須失望。」

金黃色與紫色的異色瞳如寶石般閃閃發亮。

「您可以確認一下大衣的口袋嗎？啊，不是那邊，是右邊的口袋。」

在路易彬彬有禮的引導下，威茲沃斯翻找著外套口袋，果然在右邊的口袋發現另一張牌，他心急之下趕緊將其掏出，看到牌面的維茲沃斯驚訝得鬍子開始發顫，昏暗的光線打在那張牌卡上，是張鬼牌。

「……您拿到了一張有趣的牌呢。」

路易的語氣緩慢又讓人摸不著頭緒，台下觀眾好奇著緊接下來會發生的事，無不瞪大眼睛，深怕錯過任何細節，沒有人發出一點聲響。

「鬼牌即代表無論財富、愛情、健康、名聲皆能實現的意義，恭喜您。」

路易露出微笑，朝維茲沃斯伸出手，維茲沃斯用顫抖的手將鬼牌遞給路易，像拿取扇子般，路易將鬼牌夾在指間，鬼牌上頭的小丑呲牙裂嘴地笑。

「讓我來預測您的心願吧。」

路易端正姿勢看著眼前的白色面具妖怪，他將鬼牌收進口袋，手指遊走在四張牌卡上方，然後不假思索地抽出一張牌，上頭畫著方塊。

「怎麼樣？」

那是象徵財富的方塊牌。

「這張是您……所期盼的牌嗎？」

直到現在，希亞才想起自己是在哪裡看過維茲沃斯的。昨晚，希亞在莉迪亞的房間整理完鍋子後，在前往地下室的路上，她看到了那個妖怪。他就是那個戴著長有鬍子的白色面具，因花光錢而大發脾氣的客人，當時還有一隻擁有金色與紫色異色瞳的貓咪冷眼旁觀鬧劇的發生。希亞心想至此睜大了嘴巴。

此時的台上，維茲沃斯因為路易一次就猜中自己的願望，整個人喜出望外、讚嘆不已，路易則是露出一貫的自信優雅表情。

「那麼該是實現您願望的時間了。」

奇幻的魔術、誘人的財富，這綜合所有欲望的兩樣事物，即將在舞台上同時出現，全場觀眾無不期待萬分。

噠。

像是在演奏樂器般，路易熟練地用手指將四張牌卡收齊。

「魔術師的行為源自於觀眾的心理狀態與想法，方便的話，能詢問您渴望財富的原因嗎？我感覺您迫切想得到大筆財富。」

路易問向維茲沃斯，妖怪似乎沉浸在得到意外錢財的喜悅，隨即侃侃而談。

「最近做啥都不順，前幾天玩了場遊戲，結果衰爆，把錢都輸光了。」

說得好聽點是遊戲，其實說穿了就是賭博。白色面具妖怪似乎得意了起來，語氣跟當時希亞撞見他時一樣無禮，不過路易不甚在乎。

「原來如此，真是可惜，那您要不要與我玩個遊戲，贏的人可以得到更多的財富。」

「遊戲？現在嗎？」

觀眾們交頭接耳著眼前意外的發展，路易仍不顯慌張。

「當時有幾位玩家和您一起進行遊戲呢？」

「三個。」

維茲沃斯的回答猶如預料中脈絡，路易脫下帽子，將五張牌放進帽桶，並輕輕搖晃帽子，然後往前一甩，帽中頓時躍出無數張卡牌飛向空中，如過境的鳥群劃過天空。

當卡牌占據空中時，路易開口說道：

「來挑選三位志願者一起玩紙牌遊戲吧。若我輸了，所有志願者能得到我手中牌卡的數字總和之獎金。但若是我贏了，將扣除志願者們存摺中的相對金額給予維茲沃斯先生。」

懸浮在空中的牌卡轉瞬飄落在地，有些牌灑落在舞台的蜘蛛網上。路易將手伸進帽子，帥氣地揚起一邊眉毛，拿出三張撲克牌，並用傲慢的眼神望向觀眾。

「舉起你的手，自信滿滿的自願者們，我將挑選三位上台。」

雖然他一臉驕傲，臉上的微笑卻是那般溫柔，就連希亞也看得失神，但很快就被裘德興奮的拍打拉回現實。

「快點，不是要選自願者嗎？」

希亞呆看著裘德激動的褐色雙眼，她再度望向台上的路易，他耐心等著自願加入遊戲的三名志願者，即使場下觀眾毛遂自薦的聲音此起彼落，但路易只是掛著處變不驚的微笑，不為所動。

「我要玩！」

裘德自信滿滿大吼出聲，隨即奔上舞台。

「我一定能迷倒觀眾的。」

西洛昂首闊步跟在裘德的後頭。

「妳也快來啊！他要三個人耶。」

那兩人朝著希亞大吼，使希亞紅了臉頰。

路易似乎對貿然衝上舞台的志願者感到滿意，甚至露出了微笑，希亞被眾人的視線圍繞得相當不自在，猶豫再三後，她也只好跑到朋友們身邊，頓時會場又陷入無聲無息的寧靜，讓人感到窒息。

明明不久前才在台下觀賞著精采表演看得出神，怎麼自己一下子就成了聚光燈的焦點，希亞難以平復劇烈的心跳聲，只好安靜待在興奮的裘德與西洛旁，不用多久，路易隨即開口說道：

「台上來了三位勇敢的志願者呢。」

路易竟然稱讚我們？不可能，路易不可能會稱讚他人，他將嘲諷包裝在虛有其表的稱讚之下，希亞深吸一口氣環顧觀眾，她瞥見夏茲坐在樓上緊盯著自己，甚至還忍著滿腹笑意，希亞現在只想狠狠揍裘德與西洛一拳。

「遊戲內容很簡單。」

路易提起手上的枴杖，指著散落在蜘蛛網上的牌卡，四散的牌卡有正有反，遍布舞台每個角落。

「掉在蜘蛛網上的牌卡中，有幾張鬼牌。」

路易不疾不徐地放下手中的拐杖。

「不過，鬼牌的小丑是很調皮的人，他很喜歡玩障眼法，他最喜歡的把戲有兩種。」

路易緩緩說明遊戲規則，伸出兩隻手指。

「第一種是虛幻戲法。」

他用大拇指與中指快速摩擦，發出彈指聲，同時從指間變出一張牌卡。

「即是讓人看見不存在於現實的虛假事物。」

他勾起嘴角，銳利的雙眼橫掃過台下觀眾。

「另一個則是真實戲法。」

路易手握精緻枴杖，頭戴禮帽，再加上藏在單片鏡後的眼眸，無一不散發著優雅風尚的紳士氣息。他像是要握手般伸出了手，然而當他打開手心，原本夾在指縫間的牌卡又消失得不見蹤影。

「而真實戲法就是將原本存在的事物變不見。」

路易泰然地向眾人展現空無一物的雙手。

「小丑會使用這兩種技法，將自己藏於無形，眼見無憑。」

像是要握住茶杯般，路易垂下了手，用雙手握起拐杖，繼續解釋道：

「遊戲規則相當簡單，這三位志願者只要在舞台上找出鬼牌即可。」

怦咚、怦咚、怦咚，希亞的心跳聲大得清晰可聽，她專心聽著路易的講解。

「三位志願者裡只要有一位找出鬼牌，就算我輸了。相對地，如果三位皆空手而歸，我就是遊戲的勝利者。各位找尋鬼牌的同時，切記不可以犯規，要是惹小丑生氣的話，其後果將會不堪設想。」

「後果……」

希亞不自覺地望向遠方的夏茲，因為距離遙遠又加上燈光昏暗，她看不清楚夏茲的表情，希亞的心中感到一陣沒來由的不安。

「那準備開始吧。」

低沉的聲音用力勒緊心臟的每條肌肉。

希亞跟在裘德和西洛身後，一同走向龐大的蜘蛛網前，三人分別望著散落於自己眼前的紙牌，難以計數的牌卡落在四方，要在這之中找到鬼牌談何容易。

希亞一心只想趕快結束遊戲，她馬上緊盯眼前的牌卡，紅心、方塊、梅花、梅花、國王，紅與黑的色塊在眼前雜亂成一團，雖有瞥見繪製圖案的牌卡，但卻不是鬼牌。

希亞更靠近一步，仔細端詳著，黑桃、皇后、傑克、鬼牌、紅心……希亞著急地回過頭，回想起剛才那堆紅黑色混雜的地方，在一片凌亂之中，希亞看到一張歪斜的鬼牌。

她急忙伸出手，牌中的小丑對著她露出邪惡的微笑，她認真一看，原本畫著小丑身影的卡片，瞬間變為黑桃的花色。

——黑桃？

覺得難以置信的希亞，搖晃著手中的牌卡，隨著動作，牌卡也來回變換花色。

「虛幻戲法，讓人看見實際上不存在的虛假事物。」

啪。

希亞將牌卡扔在地上。

「原來是騙人的。」

希亞為了繼續尋找鬼牌，再度望向蜘蛛網，錯綜複雜的蜘蛛網上黏滿密密麻麻的牌卡，除了最邊端沒有卡片之外，所見之處都是眼花撩亂的花色。

路易在身後告知了所剩時間，旁邊傳來了裘德與西洛著急的聲響，希亞已經感到疲憊，根本不可能在這短暫的時間內找出鬼牌，再加上小丑還喜歡捉弄人，將自己藏於深處，希亞並不覺得遺憾，儘管路易說會扣除輸家的存款餘額，但反正希亞打從一開始就一無所有。

——雖然不知道他們是抱著什麼心態玩遊戲，不過想必也只是一時興起罷了。

希亞朝沒有沾附牌卡的蜘蛛網邊緣走去，那名女子編織的蜘蛛網，既美麗又精緻，希亞伸出手指輕觸，蜘蛛網如棉花糖般柔軟黏膩，卻同時也堅固強韌，即便經歷方才的混亂依然毫無破綻，希亞從未如此近距離看過這麼大片的蜘蛛網，她好奇地伸出手。

唰、唰、唰……當她像撫摸小狗的皮毛輕撫著蜘蛛網時，手指卻感受到一個異物感，在密集的蜘蛛網中有一處空間，希亞再次伸手摸向那個地方，這次她又再度抓住了某物，仔細一看。

「真實戲法是將原本存在的事物變不見。」

這是真的鬼牌！鬼牌把自己變不見了，正當路易宣告剩下五秒時，希亞找到了鬼牌。

——找到了。

當希亞想開口大喊時，蜘蛛網後一片巨大的黑影衝向希亞，猶如一道強烈的浪濤，將她捲進蜘蛛網內，她想大叫時，那雙巨大的手卻放開了她，希亞的視線逐漸轉為明亮。

「真是美好的下午茶時光。」

路易悠閒地翹著腿，啜了一口熱茶。

慌張的希亞左右張望，方才進行表演的妖怪們，在閃著翡翠珠光的磁磚上來回走動，而路易則坐在長形的陳舊木紋桌上喝著茶。

「這是怎麼回事……」

不知所措的希亞坐立難安，她看見不遠處有座黑色的通道，在那盡頭之處是剛才的會場，還看到舞台上的路易在裘德、西洛與台下的觀眾面前表演了撲克牌魔術，希亞轉過頭回來，只見路易盯著她看並啜了口茶湯。

「那一切都是戲法。」

路易從容地看著希亞慌亂的模樣。

「表演開始時，吸血鬼不是對觀眾催眠了嗎？吵夫人還吟唱了一首曲子，歌詞提到熟知技法的男子施了魔法……」

路易看著希亞，示意她用自己的腦袋思考，接著提起茶壺倒了一杯茶。

「那首歌也是催眠的手段之一，現在在舞台上表演魔術的人不是我，而是開場的愛德華伯爵，觀眾們聽完歌後，因催眠術的影響，將伯爵誤認為我，這樣看來人類也對催眠沒有免疫力。」

嘟嚕嚕，茶水將茶杯填滿，路易提起杯緣靠向嘴唇，輕笑了一下。

「我怎麼可能是在舞台上耍伎倆的小生呢。」

待他啜了一口茶後，茶杯與盤座發出清脆的聲音。他拿起拐杖指向希亞握住的牌卡。

「妳剛才經歷的一切皆是幻覺，就連這張牌也不是鬼牌。打從一開始整場表演就沒有真實戲法，唯有虛假戲法罷了，妳所認為的鬼牌也是幻覺。」

她無力地望向手中的牌，牌面上的小丑早已消失無痕，僅剩美麗的紅心圖樣。

「放輕鬆點，太過專注於想看的事物上，就沒有餘裕享受了。」

希亞覺得自己成了名符其實的笨蛋。

21

# 愛德華伯爵與路易

「這首鋼琴曲子真不錯。」

希亞坐在路易前面，她接過路易遞出的茶杯，將滿溢茶香的杯緣靠近嘴邊。

「這也是因為被催眠才聽到的音樂嗎？」

路易看著希亞將一匙糖放入茶湯。

「這不是催眠，我也能聽到音樂。」

鋼琴的樂音細膩溫柔，縈繞於腦海深處，曲子中還帶股殷切之情。

「是由剛才那位一手是剪刀，一手是鉗子的鋼琴師所演奏的嗎？」

路易點點頭。

「沒錯，赤手傑克以前是名海盜船長。聽說在甲板上彈奏鋼琴是他的興趣，因此當他進來餐廳工作後，就在我的旗下擔任鋼琴師。」

赤手傑克、海盜、船長，這些只在童話書裡會出現單字，深深勾起希亞的興趣，愈聽愈專心。

「為什麼他叫赤手傑克？他、他的手不是……」

「他原本也擁有正常的雙手。」

希亞一下子找不到恰當的單字形容赤手傑克的現狀，路易接續了她的話。

「他是海盜之中最惡名昭彰的壞人，任何在海面上靠近他的人，瞬間將化為他的刀下亡魂，一旦聽見寶藏的傳聞，他會用盡手段奪取寶藏，是個殺人如麻的海盜。」

路易喝了口熱茶。

「他的雙手無時無刻皆是血淋淋的模樣，顧著殺掠完全沒有清洗的空檔，就連他最愛的琴鍵也都被鮮血染紅，所以有了赤手傑克的外號。」

希亞腦海浮現穿著正式西裝，坐在鋼琴前專注彈奏樂曲的赤手傑克，在那樣技藝精湛的鋼琴師外表下，竟然有著血腥殘忍的過去。

「那他的雙手發生了什麼事？」

按捺不住好奇心的希亞出聲提問。

「赤手傑克航行於大海的某天，他聽見一道優美動人歌聲，他沉醉於那道歌聲，下定決心找出演唱者的下落。畢竟他是不擇手段找尋寶藏的海盜，對於鋼琴師傑克而言，美麗的歌曲如寶藏般珍貴。」

對於希亞來說，寶藏兩字等同於世俗的金銀財寶，沒想到區區一名海盜竟有如此純真的浪漫情懷。既然如此，對於自己而言，有比金銀財寶更具有價值的寶藏嗎？心想至此，希亞不自覺羨慕起赤手傑克，她繼續聽著故事。

「但神奇的是，那道歌聲僅在白天出現，因此傑克船長放棄了睡眠時間，帶領他的船員們，沒日沒夜地在海上追尋著歌聲來源。」

路易啜了口已經帶點苦澀的茶湯。

「那他們找到了嗎？」

隨著希亞的問題，路易手上的茶杯無聲無息地碰撞茶盤。

「他找到了，最後他終於找到能唱出那段迷人樂音的藝術家。」

哐，琴鍵被大力敲響，宣告故事的走向出現轉折，隨後再次帶出悠揚的音符。

「傑克船長向藝術家表明來意，希望藝術家能同意自己將這首歌曲寫成樂譜，得以用鋼琴彈奏，他誠心誠意懇求藝術家，所幸最後藝術家同意了他的請求。」

鋼琴清脆的樂音鑽入耳朵深處。

「只不過代價是要砍斷他的雙手。」

碰，金屬聲大力敲打著鍵盤。

「藝術家讓出歌曲的代價，就是要傑克船長剁去雙手。傑克船長二話不說就同意了，失去雙手的他無法繼續當海盜，他在原本手掌的部分裝上鉗子與剪刀來到了餐廳工作，不過他很幸福，因為他能盡情演奏所愛的曲子，那首使他醉心的曲子即是剛才吵夫人所演唱的歌曲，雖然歌詞有些許改編過了。」

路易的聲音仍是那般溫柔有禮。

「妳來到這裡，做好失去珍貴之物的決心了嗎？像鋼琴師傑克寧願獻出的雙手；聲樂家吵夫人被砍去的脖子；或是芭蕾舞者蜘蛛女人的雙腿？」

「你、你在說什麼，我不會失去任何東西的。」

希亞故作鎮靜地加強了語氣，路易卻用看穿一切的眼神露出微笑。

「能夠不失去一分一毫的，只有冰冷的屍體。」

——又在亂說話。

希亞氣得轉過頭，望向偽裝成路易的愛德華伯爵，那名吸血鬼仍在台上用撲克牌變魔術，希亞也意識到自己還握著畫有紅心的牌卡。

「任誰也找不到鬼牌。」

這是場打從一開始就決定結局的魔術秀，昨晚造訪餐廳的維茲沃斯因為賭博輸光了錢，在餐廳大吵大鬧，變身為貓咪的路易悄悄將鬼牌放進他的口袋。

等到剛才的魔術秀，假裝邀請他上台，讓他自己發現口袋裡的鬼牌，並出言滿足他的願望，這一切皆是設計好的環節，那個看似徵求自願者的小遊戲也只是這齣劇的一環罷了，舞台上自始至終都沒有鬼牌。

「可是如果只是為了給那個維茲沃斯錢，有必要費力設計一場節目嗎？」

催眠、騙局、偽裝，這場精心策畫並集結了各種詭計的表演，最終只有一個目的，那就是如維茲沃斯所願，給予他最渴望的金錢，但有必要如此大費周章嗎？

「綜觀來看，結局是對我們有利的。」

路易喝了一口茶。

「他是我們餐廳的常客，而且每次到訪都會享用最頂級的菜餚，可說是我們最重要的顧客。如果他輸光錢無法到餐廳消費，對我們將是一筆可觀的損失……」

——什麼……

「所以我透過這種方式先贈予他些許財富。」

這場表演的目的從來就不僅是娛樂觀眾。

「像那種人只要有一點閒錢，就能用不正當的手段致富，然後就會再度蒞臨餐廳，進行大手筆的消費，所以我們現在的支出，是為了更多收入的投資。」

路易露出滿意的微笑。

「你果然不是出於閒情逸致才舉辦魔術秀這種表演的吧。」

路易沒有出聲回答，只是點點頭。

「若是沒有利益的事，只是浪費時間而已，所以……」

路易直盯著希亞。

「所以希望把妳帶到我面前，也不會只是浪費彼此的時間。」

希亞雙眼直視著路易，這樣看來，路易是不會白費力氣的人，那他將自己從魔術秀中帶出來的原因又是什麼？

眼看希亞陷入思考，路易感到些許不耐煩。

「妳要找解藥應該很忙，特地空出時間來看表演，想必有其理由……」

路易那金黃色與紫色的瞳孔，將希亞染成濃烈的色彩。

「所以如果妳是有事才來找我的話，請快點說，否則表演結束後我還有其他工作要忙，要是妳因為找不到我惹出事端，我會很為難。」

這一次，希亞不得不佩服路易敏銳的觀察力，她只好乖乖地點頭。

「你猜得沒錯，我有事情要找你，我想拜託你一件事。」

希亞小心翼翼地開口。

「我聽說餐廳裡只有你能夠變身，這是真的嗎？」

路易看透希亞的請求，勾起神秘的笑容。

「是又如何？」

希亞受不了路易明知故問的態度，卻也不由得她抱怨。

——不用想也知道我的意思吧！

希亞深呼吸後，再次說道：

「假如我……」

即使她在腦裡演練過好幾遍，但事到如今卻難以開口說出，她緊閉雙眼。因為希亞心知肚明，自己能成功回去的可能性遠遠小於死在這裡的機率。

「我如果……可以拜託你去人類的世界，告訴我的父母嗎？」

這些話在希亞的腦海盤旋了一整夜，現在卻被眼前路易冰冷的視線勒緊喉間，她吐出每一個字都很艱難痛苦。

「請你告訴他們，我在另一個世界好好活著，雖然可能沒辦法相聚，不過請不要擔心，我過得很快樂。然後請告訴我的爸媽，我愛他們。」

即使父母聽到這些話還是會四處找尋希亞的下落，甚至因此更加悲傷。但用謊言掩飾自己的遭遇，是現在希亞唯一能做的事。

語畢的希亞抬頭望向路易，路易維持著一貫的優雅姿態，品嚐熱茶。

「……這茶真香。」

當希亞艱難地講出了離別之言後，路易竟然只發出對茶水的讚嘆。

——為什麼不回答我！

希亞眼眶濕潤，懇切地看著路易。

「看來妳想說的話已經說完，該是回舞台的時間了。」

那道聲音，冰冷無色，殘酷又無情。路易伸手拿取拐杖，將拐杖立起，希亞的眼神都不曾離開過路易。威脅她、將她帶往此地的人是路易；將她獨自留在哈頓面前，頭也不回的人是路易；代替夏茲轉達危險任務也是路易。

路易是這一切悲劇的開端。

——至少能答應我這項微小的請求吧！

「我求求你了，可以答應我嗎？」

希亞比起任何時候都要懇切，而路易僅是用湯匙攪動散發熱氣的茶湯，他緩緩將眼神望向希亞，那紫色與金黃色的異色瞳，仍舊冰冷如初。片刻寂靜過後，他的雙眼還是不見一絲動搖。

路易緩慢地開了口說道：

「……天氣好的話，我會散個步順便去一趟。」

即使這是句模糊不清的回答，但希亞明白這是眼前這名冰冷的紳士所能做出的最大回應。

「謝謝。」

路易一句話也不說，自座位上站起，示意現在該是回到魔術秀的時間了，希亞轉過身，朝著正在上演魔術秀的舞台走去，然後別過頭看著路易。

「還有一件事。」

整理服裝儀容的路易，發覺希亞尚未如自己所想地離去，也轉過頭用狐疑的眼神看著女孩。

「當你帶我來妖怪島時，不是說那個洞是兔子的洞窟嗎？」

聽見突如其來的意外話題，路易挑起了一邊的眉毛。

「你錯了，那不是兔子的洞窟。」

希亞回想起與園藝師的種種，不自覺笑了。

「那是鬥牛犬挖的洞。」

路易對希亞的話語毫無頭緒，皺起了眉頭。

「這裡沒有鬥牛犬……」

希亞不顧路易的回答，逕自走向前方。那條通道如墨水漆黑，舞台的燈光在盡頭發出閃爍光源，周圍的黑暗空間裡落下了一滴金黃色光芒，它逐漸渲染擴張，逐漸點亮四周。

眼前一陣刺痛後，希亞睜開眼睛，她已經回到台上，觀眾們各個盯著自己看，左邊是假的路易，右邊是裘德與西洛，眾人的視線全都集中在她身上，雖看不見遠方的夏茲，不過想必他也注視著這個方向。

「妳跑去哪裡了，突然消失害我嚇一跳。」

裘德壓低聲音說道，希亞連回答的時間也沒有，左邊隨即傳來一陣中低音。

「何必驚嚇呢，因為這位淑女想去化妝室，所以我才用魔術使她瞬間移動罷了。」

希亞轉過頭看著長得跟路易一模一樣的愛德華伯爵，他的臉上洋溢著滿臉笑意，這讓希亞確信不已。

——這個人不是路易。

因為路易會對自己露出的微笑，只有鄙笑。

「希亞，路易說的是真的嗎？」

裘德似乎不相信希亞真的瞬間移動去了趟化妝室，希亞想開口解釋卻不知該從何說起。如果現在告訴他，站在我們面前的人並非真的路易，而是行了催眠術的愛德華伯爵，我剛剛是去舞台後面跟真正的路易見面……

「這位先生，您怎麼在大庭廣眾之下，質問淑女這種事情呢？」

路易，不，應該是說愛德華伯爵替還在苦思的希亞率先回答，裘德也因為被指正而啞口無言，希亞呆愣在原地不知所措，愛德華伯爵優雅又巧妙地操控著這場戲的每個環節。

「難道不是嗎？這位淑女。」

他笑著問向希亞，像是說好般，希亞面對他的提問，也只能順著無形的劇本回答道：

「……對啊，我只是去了一趟化妝室。」

對於希亞的回答，愛德華伯爵露出滿意的笑容。

「我們先不聊天了，該是揭曉遊戲結果的時間了。」

伯爵的一番話，將觀眾們的視線再次聚焦於舞台上。希亞、裘德、西洛一同望向伯爵，究竟這三位自願者之中，是否有人找到了鬼牌？

「舞台上的三位貴賓皆各自拿著一張牌，請對台下的觀眾亮出手中的牌卡。」

結果希亞、裘德還有西洛手上的牌皆是鬼牌。

但希亞早已知道結果，嘆了一口氣，愛德華伯爵很快地就說明這三張牌皆是戲法，因此沒有人拿到真正的鬼牌，他在台上向觀眾闡述小丑的戲法，已知來龍去脈的希亞顯得漫不經心。

裘德氣呼呼說這是詐騙，西洛則是擺出一副自己早就知道的姿態，台下的觀眾紛紛驚嘆不已。

這場遊戲的贏家是路易，或說是愛德華伯爵。依照遊戲規則，維茲沃斯獲得了相對應的錢，他臉上的鬍子早已興奮得蜷曲了起來。

「恭喜您。」

愛德華伯爵深深向維茲沃斯鞠躬致意。

希亞發自內心佩服吸血鬼的演技。透過這一場戲局，讓維茲沃斯得到籌碼，無論他要再賭博還是透過非法管道買賣東西賺錢，他最後都會帶著大筆的錢來餐廳消費……路易是點燃這起循環導火線的人。

原本沾黏在蜘蛛網上的牌卡們，一併如旋風般颳起朝向觀眾席而去，那些牌卡在觀眾面前轉變為紙鈔。花花綠綠的紙鈔如雨水般在場內降下，引起全場躁動，所有人大聲呼喊、叫囂，這一瞬間沒有反應的人只有愛德華伯爵與希亞。

觀眾興奮地撿拾鈔票，伯爵將自己的禮帽送給維茲沃斯當作禮物，希亞一點也不想像裘德與西洛為了撿鈔票衝下舞台，她就只是待在原地看著大家，因為連這些紙鈔也只是幻覺的一部分。

維茲沃斯看著禮帽的內緣，開心得無法自己，愛德華伯爵這時轉頭看著希亞，無聲地用眼神向她問道：

——妳怎麼不去撿錢？

伯爵希望希亞也跟眾人一樣在地上撿錢，但希亞無動於衷。

——我都知道。

當希亞正想開口時，伯爵用手指抵在自己的嘴邊。

——噓，別說。

「那麼今天的表演就到此結束，謝謝大家。」

假路易的聲音在眾人耳邊響起，當忙著撿錢的觀眾們抬頭望向舞台時，一名脫下禮帽的魔術師將手指抵在嘴邊，那副模樣看起來就像是愛德華伯爵，正當觀眾們摸不著頭緒魔術師究竟是路易還是愛德華伯爵時，魔術師與紙鈔們早已經消失得無影無蹤。

眼前陷入一片漆黑，感到暈眩的希亞閉上了雙眼，被催眠的幻覺與真相在眼前交錯使她的頭隱隱作痛。

不知道過了多久，當希亞再度睜開雙眼時，觀眾席已經空無一人，裘德與西洛在舞台上把玩樂器，希亞忽視頭痛的跡象，為了想看清楚眼前的場景，她努力地眨動雙眼。
如草原般一望無際的觀眾席，瞬間出現又消失。
一眨。
火紅色的座位圍繞著舞台。
一眨。
紅色的座位如高高疊起的牆，自舞台邊築起，像一列列站立的士兵。
一眨。
在紅牆的最上層，有一處黑點。
一眨。
——黑點？
一眨。
仔細一看……
一眨。
是夏茲。
希亞環顧四周，她與朋友們在舞台上，大門堅實地被上了鎖，一股危險的預感
深入骨髓，使之劇烈疼痛。

# 22

# 夏茲的警告

噔噹噔噹——吉他具穿透力的樂聲在場內響起，伴隨著怪奇的小提琴樂音，赤手傑克用雙手換來的曲子遊蕩在耳。

「落雪。一片雪花明逝去。一片雪花意背叛。一片雪花表忘卻……」

吉他彈奏著吵夫人所吟唱的曲目。

當裘德與西洛玩著樂器時，希亞望著不遠處的夏茲發呆。

「真的嗎？妳確定不去真的沒關係？」

表演開始前，夏茲對自己所說的呢喃浸濕了腦裡的每個細胞。

「我是指妳的朋友們，他們不是去看表演了嗎？」

夏茲若要自惡魔手中解放，必須奪取希亞的性命，但礙於湯姆的契約保障，他無法直接下手。然而現在夏茲與她的朋友們共處一室，那道大門無須確認就知道已經上鎖，夏茲雖然沒有權力傷害她，卻能任意妄為地傷害她的朋友，惡魔為了威脅希亞不知道會做出什麼難以預測的事……

一想到此，深切的恐懼化成冰涼汗水滲出皮膚，希亞雙腿顫抖，艱困踏出一步，她呼吸急促，近乎喘不過氣，抱持惶恐朝向夏茲而去。

夏茲靜待在原位，將身體深陷椅背之中，以掠食者欣賞獵物之姿。在那令人毛骨悚然的黑眼珠的注視下，希亞就像走在薄冰上方，稍有不甚將應聲破裂墜下，她恐懼且戒慎，每一步皆萬般不易，最後她站在夏茲面前。

夏茲別過眼神，看了一眼舞台上的裘德與西洛，很快地又盯著希亞。他那如漆黑深淵的冷酷雙眼，只要一看就讓人全身被寒氣侵蝕，如冰柱般碎裂成灰。

「妳覺得怎麼樣？」

夏茲的臉上沒有一絲表情變化，只有嘴唇微微張合，希亞雖想開口回應，但聲音卡在喉間深處，無法輕易發出。

嘗試幾次後，她才擠出乾啞的回答。

「我覺得一點也不好看。」

她太過害怕，滿腦子想著該怎麼脫逃。

「期待許久的魔術秀表演，竟然只是欺騙的戲碼。」

夏茲稍微傾斜著頭，微微挑起單邊眉毛。

「欺騙的戲碼？」

——他在裝傻嗎？但怎麼可能不知道。

「魔術師要我們找出鬼牌，但舞台上根本沒有鬼牌。這個遊戲從一開始就只是為了讓維斯沃斯得到錢，讓他可以再次光顧餐廳，增加餐廳的營業額。」

希亞深信不疑地說著，夏茲仍面無表情，只是眨眨眼，隨後露出笑容。

「妳為什麼覺得沒有鬼牌，說不定是妳沒找到而已。」

「真的沒有鬼牌。」

反正是設計好結局的遊戲，沒有理由要放進鬼牌徒增不可預測的機率。但看著眼前難掩笑意的夏茲，希亞感到背脊一陣涼颼。

「妳真的如此堅信不移？」

他輕聲說道：

「妳翻翻看口袋。」

希亞翻找著針織衫的口袋，這是她出門時因為天涼所以隨手披上的外套，她找到了剛才在蜘蛛網上發現的紅心牌卡。

「不是那一邊。」

在夏茲溫柔的提醒下，希亞不以為意地將手伸進另一邊口袋，卻摸到一張觸感堅硬的尖銳物體，她緩緩將手自應當空無一物的口袋中伸出……

「鬼牌？」

希亞感到萬般混亂。

「鬼牌為什麼會在我身上？」

她前後來回看著那張牌，坐在新月上的小丑沒有消失或變換表情。

「路易難道只會在維斯渥斯的口袋裡放進鬼牌嗎？魔術師必須掌控表演期間所有可能發生的變數。」

夏茲繼續解釋。

「為了應付維茲沃斯沒如期出席的狀況，他肯定也在其他賓客的口袋裡藏了鬼牌，尤其是像妳這種絕對能引起話題的人，他怎麼可能錯過，連我這種不會來看表演的人，他都趁我不注意時藏了七次卡片在我的口袋。」

「……」

「舞台上也有鬼牌，而且還離妳很近。」

夏茲那雙深黑的瞳孔望著希亞，猶如從未被外物引起波紋的墨黑湖泊，他將身子癱坐在椅子上，鄙視什麼都不懂的希亞。

——妳的話已經錯了第二次。

止如死海的雙眼，傳達著這般銳利的訊息。

希亞緊握著鬼牌，牌卡因力量蜷曲，硬挺的紙面在她的手中成為紙團，她極力保持冷靜，無論是撲克牌還是魔術秀都不重要，不能因為這種小事被夏茲牽制。

「根據剛才的演出內容，找到鬼牌的人可以實現願望。」

但夏茲仍繼續纏繞著撲克牌，希亞不曉得他究竟用意何在。

「既然我找到了。」

希亞手中的鬼牌紙團逐漸浸濕。

「要我實現你的願望？」

講好聽一些是願望，但事實是某種威脅，希亞壓抑不住內心的恐懼，她心知肚明，當夏茲帶她來到會場時，她與朋友們已經落入惡魔所設下的陷阱了。

「對啊，幫我實現願望。」

夏茲笑得很溫柔，在希亞眼裡卻是無盡的可怕。

——他到底想怎樣？

希亞太過害怕，使得無法貿然開口，只感受得到手中的鬼牌因汗水浸濕後變得黏稠破碎，夏茲的眼神緊捆著希亞的每條神經。

惡魔開了口。

「在飼養室拿秘密文件時，是誰幫了妳？」

希亞的心臟大力為之一震，情急之下她想要朝著裘德與西洛望去，卻又同時意識到此舉萬萬不可。她不能讓夏茲知道究竟是誰幫了她，讓她免於被巨大的牲畜吃掉、不被雞蛋淹沒耗盡時間，甚至還送螢火蟲過來幫她找到了老舊電梯……

「快說。」

夏茲的聲音圍繞在耳邊，試圖挖出那深藏在腦海裡的名字。

——不可以！

希亞瞪大眼睛，正是因為任務成功她才能存活到現在。老實說這項工作並非一名普通人類做得到的事，聰明狡猾的夏茲怎麼可能不覺得有異，但她太過大意，只滿足於眼前短暫的安逸。

「妳不說嗎？」

他的聲音偏執且強烈，束緊著希亞的喉間，使其無法喘氣。

——裘德現在還好嗎？樂器聲怎麼似乎愈來愈小聲……

希亞想轉頭過去確認朋友們的安好。

——不行，我不行輕舉妄動，不能往那看，夏茲會發現。

「……沒有人。」

希亞連話都說不完整，就著急地吐出了回答，但她明白夏茲不會相信，夏茲的眼角勾起了弧度。

「難道要守護友情之類的嗎？妳怎麼這麼感性，我不是告訴過妳，在妖怪的世界，情感是最無用的事物。」

希亞沒有回答，惡魔溫柔的聲線親切地一刀捅向她的致命弱點。

——不要管他。

希亞在心底說服自己。

——別聽他的，他殺不了我，我在湯姆的手臂上簽了契約，他動不了我，即使他再怎麼逼問，也只能言語威脅而已，我只要堅持到底就行，他不能對我怎麼樣。

「妳若不告訴我，他們只有死路一條。」

夏茲的指尖指向還在把玩樂器的兩人，包圍兩人的高牆上方有著稀疏的縫隙，而箭頭正藏在其中，並瞄準了毫不知情的裘德與西洛。

夏茲語氣親切地說明著。

「弓箭唯一的優點就是無聲無息，路易不允許會場出現槍響，因為那會讓貴賓不敢上門。」

「只要我說出是誰……你就會殺了他嗎？」

就連希亞也不明白，自己問的意義究竟是求饒還是質問，她不知道該說什麼才能使朋友們免於危險。

「可能性擺在眼前，不是嗎？」

希亞明瞭現在無論多說什麼，裘德都會死，那是令人難以接受的殘忍「現實」。

「從現在開始，無論你叫我做什麼，我都會自己完成，求你這次放過我。」

「如果有人幫妳完成任務，即是違背哈頓命令之人，叛亂者皆須驅離。」

「夏茲，求求你……」

希亞的淚水迸出眼眶，原本一臉不在乎的夏茲一瞧見希亞滿臉淚痕，瞬間表情僵住，難道是被希亞的真情流露動搖了嗎？那麼要希亞跪下雙膝她也願意。

「求求你了，拜託你，好嗎？我現在一定自己完成，這樣就殺人不是太殘忍了嗎？求求你饒過我的朋友。」

希亞哭著乞求他，而夏茲僅是呆望著她的淚水，他對這份強大的悲傷感到不可思議，他有多久沒這樣毫無顧忌地放聲大哭了呢？他那雙膝黑的雙眼，已許久未被淚水浸濕，眼眶幾乎乾涸，未來也不會有鹹水重新滋潤那片沙漠。

「妳很難過嗎？」

夏茲不加思索地拋出了問句。「當然啊……」希亞的聲音聽起來十分悲傷，令夏茲遲疑了動作。

——這是理所當然的嗎？

他盯著滑落的水滴陷入沉思，他想起在惡魔的驅使下，必須親手殺害親朋好友的殘忍記憶。

如果他是希亞，他或許會感到慶幸，因為不需要親自動手結束那些人的性命。他無須拿著含淚磨成的刀，刺入他們的胸腔；無須看著他們受苦、埋怨自己的表情；無須聽見他們吶喊自己名字的聲音，更不用看著斷氣、殘破不堪的屍體，倉皇而逃。如果他是她，光是想到能免於這般痛苦的折磨就足以感動萬分。

「妳在哭？」

——這樣就要哭？

這些年來，死在他手下的朋友們豈是一兩個人，而他卻連一滴眼淚都落不下來，因為當他的眼角泛淚時，惡魔已經舉起他的手，朝向另一條無辜生命。日復一日的殘酷循環使其麻痺、感知不到任何傷悲。

當他將那些照顧過他的人全都不留活口殺害後，惡魔就會派遣他至另一處，重新與他人建立關係，爾後再度拿起刀，刺進他們的胸膛，不斷磨刀、捅入、捅入、捅入……雖然在雅歌的建議下，與湯姆簽約後的確抑制了惡魔的屠殺，但他已經被凌虐得不剩任何一絲情感。

「求求你了，只要這一次就好，求求你。」

為了不失去心愛之人，而開口向他人求饒，這是多麼令人羨慕的作為啊，雖然他不想承認，但看著眼前滿是淚水的無助孩子，夏茲心中是無盡的羨慕與惆悵。

「求求你，真的拜託你不要殺掉我的朋友。」

他發出乾笑聲，自己竟然會羨慕起他人甚至產生動搖，這股陌生又熟悉的情感使他更加迫切地想自惡魔的手中解脫，但這樣就必須治好哈頓才能召喚湯姆，問題又回到這個孩子的性命之上，然而她苦苦哀求的模樣，讓自己陷入兩難，那止不住的淚水與嗓音繚繞他的腦海……

夏茲看著希亞露出冷冷的笑，指向舞台上兩人的手指尖銳得可怕，希亞哭到無法好好站立。

「看來幫妳的人正是他們其中之一。」

那道乾淨的聲音，道出了猜測的結果。

夏茲笑著搖搖頭，女孩的反應誠實不假。夏茲享受著現在這一刻，牆邊的箭矢等待著他的指令，虎視眈眈地盯著獵物，女孩發顫的模樣看起來是那樣可愛動人，他完全沉浸在此時此刻裡。

該怎麼做才好，要留他們一條活路，還是殺掉，還是使其半死不活，或是……他的腦海陷入愉悅的煩惱，開心地差點哼起歌，夏茲的嘴角勾起笑容。其實根本無須多加猶豫。

「第一次見面時我不是說過了。」

夏茲開了口。

「如果家裡失火，面對急遽燃燒的火勢，有人會趕緊逃出家門……」

聽見熟悉的字句，使希亞不安地看著夏茲。

「卻也有人不會馬上奪門而出，而是為了保護珍貴之物，被大火活活燒死。」

夏茲歪著頭看向希亞。

「我已經告訴過妳了。」

他低下頭與希亞的視線齊平，那雙猶如黑色深淵的眼珠子直視著希亞，露出殘忍的微笑。

「一旦擁有珍貴的事物，那即是妳的弱點。」

希亞聽懂夏茲的意思，整張臉失去血色。

眼前的惡魔傷害不了自己，卻能摧毀她所愛的一切，起因都是因為自己的存在。她覺得自己跟個傻子一樣，後悔也不具意義，現在也無法切割彼此間的友情，因為他們已是她最堅實的後盾，以最不幸的方式，占據了她心中的一隅。

「那道巨焰是我。」

夏茲溫柔地說著。

「他們是妳一手創造的弱點。」

夏茲看著裘德與西洛輕聲說：

「我會放他們一條生路。」

希亞緊閉雙眼。

「好讓妳慢慢地、毫無殘留地被燒盡。」

即使聽到所要的答案，希亞也沒有睜開雙眼，她知道這不是結局。

「所以以後我派給妳的任務都要自己完成喔，下次再這樣的話，他們都會死。」

夏茲用最輕柔的聲調告訴希亞她的朋友們能繼續活命，這話聽起來像是個旁觀者安慰希亞無須再擔心，但聲音卻是那般無情。

「我很殘忍嗎？」

明知故問的問句鑽進希亞的耳膜，她睜著哭紅的雙眼看著夏茲。

當希亞第一次從雅歌那裡得知夏茲的故事時，她雖覺得夏茲很可憐，卻也覺得那是他應得的代價。而和夏茲見面後，從他口中聽見他悲慘的童年時，她感受到無盡的悲傷與罪惡感。夏茲經歷了悲痛悽慘的人生，面對這樣的他，希亞懷疑自己是否有資格尋求他的協助，就連祈求夏茲不要殺了自己，似乎也是過分自私的要求。

在他們初次見面時，夏茲朝她開了槍，而再次相遇的現在，他則威脅要殺了她無辜的朋友們，但希亞卻無法自心底埋怨他，因為假設今天遭遇那段悲劇的人是她，她沒自信自己能選擇其他道路。陷入結識、殺害所愛之人的輪迴中，那是多麼煎熬難受的事啊，希亞深深地同情著夏茲。

但即便如此，希亞仍必須指責夏茲是殘忍之人，因為當她理解並同情他的瞬間，向夏茲所請求的協助就會變成自私的欲望。

——說實話，我也不知道正義究竟是什麼，我滿口正義並批評你的殘忍作為，其實都只是為了說服你能幫助我，讓我能活下來，我知道這樣是很自私的行為，或許到頭來，我是個比你還殘忍的人。

「你很殘忍。」

真的、真的很抱歉，但夏茲，你必須當個殘忍的人。

「是喔。」

夏茲的回應意外地溫順，與自己相望的臉上有幾分淡然。他沒有辯解，甚至接受了自己的指責，希亞假裝感受不到其中蘊含的巨大痛苦和絕望。

「但我開始有點好奇，要是為了自己而拋棄他人是件殘忍無情的事，那妳能為了其他人犧牲自己到什麼程度？」

直白的問題刺中希亞的內心深處，希亞遲疑片刻後，說出了最恰當的回答。

「至少我不會拋棄其他人……」

「那種事現在還很難說。」

老套的回答讓夏茲不想聽下去，他的雙眼透露出乏味。

夏茲一臉不在乎地經過希亞的身邊，朝出口走去，希亞呆望著他的背影，雖對於他的就此離去感到不安，同時也鬆了口氣。

有人暗中觀察這一切嗎？方才還緊閉的大門已經敞開。夏茲為了關門轉過了身，但他的臉上不帶有一絲表情，連看都不看一眼希亞，隨即將門大力關上，門徹底闔上的聲音，才讓希亞覺得危機解除。

「希亞！」

他們似乎伺機多時，瞬間就衝向希亞，一股腦地問著兩個人說了什麼，究竟發生什麼事等等，此起彼落的問句塞滿希亞的腦海，但她沒有餘力辨識任何的文字。

希亞呆望著七嘴八舌的兩人，他們的雙眼與剛才死氣沉沉的黑色瞳孔不同，是一雙褐色的水汪大眼與金黃色的瞳孔，希亞感到欣慰，同時也無法忽視心裡隱隱作痛的瑰刺。

「下次再這樣的話，他們都會死。」

「都會死。」

「都會死。」

夏茲的呢喃緊緊綑綁著腦海深處，使其胸口刺痛難耐。

「到底怎麼了，妳說說話啊！怎麼整個人失了魂似的！」

「希亞小姐，那個惡魔是不是對妳做了什麼壞事？讓我去修理他！」

——我該怎麼做才能使他們免於傷害？

殘忍的回音刺進腦海，她感到喘不過氣，其實答案已經呼之欲出，但要實踐卻是痛苦萬分。

「……沒什麼，抱歉，我先走了。」

她收起臉上悲傷的神情轉身就走，裘德見狀，緊抓住她的手腕。

「妳怎麼了啦？」

裘德的語調是那般急迫又夾著關心，她只能隱忍傷悲，盡可能自然應對。

「真的沒事啦，我還要去看看藥草煮滾了沒，你先回地下室吧。」

「我也要一起去，反正現在回去，雅歌一定要叫我幫她跑腿。」

「我想要自己去，那你可以去別的地方玩玩再回去啊。」

希亞一直以來總是與裘德一起行動，如今卻應聲拒絕，他挑起一邊眉毛，直盯著希亞，希亞下意識閃避迎面投射的目光。

「……妳好奇怪，為什麼不讓我跟？」

裘德瞇起眼角，思索原因。然而希亞不能讓他發現原因，她不能眼睜睜看著朋友因自己陷於危險之中，雖然痛苦，但她必須狠下心做出決定。

「沒事啦，從現在開始……我要自己一個人。」

「太過分了吧！怎麼可以拋下我……」

「抱歉，你先走吧。」

「這樣我一個人很無聊的。」

「不行。」

「我要跟妳一起去啦。」

「我說了不行！」

希亞一聲怒斥，使裘德愣在原地，在一旁看著兩人的西洛也被希亞突如其來的舉動嚇了一跳，尷尬的沉默圍繞著三人。

「妳……是不是夏茲他……」

裘德連話都還沒說完，希亞隨即轉過身，她深怕不聽使喚的眼淚會被裘德與西洛發現，只好倉皇別過身，眼見喉間滿溢的委屈就要迸發，胸口被巨大的悲痛壓得無法控制，希亞急忙朝向出口飛奔而去。

「希亞！」

裘德的吶喊聲在身後響起，西洛也開始大聲詢問起原因。

但希亞只能大力關上門，忍著眼淚奔向莉迪亞的房間，雖然現在沒有忍住眼淚的必要，但她還是忍著淚水，期盼著這個世界仍有自己無須哭泣的理由，即使只是無比渺小的奢望也好。

橘黃色燈光的照射下，翡翠色階梯間的妖怪絡繹不絕。四處飄散的食物香味與櫻花樹構成絕美的景致，和希亞絕望無助的心情形成強烈對比。

——裘德一定會討厭我吧，他明明只是關心我而已。要是我也會受傷的。

裘德遭冷酷拒絕後的表情，和西洛困惑的眼神，在腦海揮之不去。

「下次再這樣的話，他們都會死。」

無情的嗓音和朋友們的臉龐在腦裡扭曲成一團，瞄準他們的箭矢在一旁逐漸鮮明，加上夏茲當時面無表情、熟捻地對自己開槍的場景一同上演。

希亞壓抑著淚水，在妖怪間踉蹌難行，但她沒有就此跌坐在地，而是奮力緩緩向前。為了她的朋友們，也是為了自己，辦法只有一個，就是找出解藥。

23

# 揭開莉迪亞的身世

希亞加緊腳步前往莉迪亞的房間，算算時間，此時差不多該冒出水蒸氣了，她在心中反覆惦記著園藝師所說的話，必須研究出與人類心臟擁有類似成分的藥草，把藥草放進水裡熬煮已經過去好幾天的時間，她不能浪費一分一秒。

她站在莉迪亞的房門前，比起任何時候都來得緊張與迫切。

——拜託了，至少給我一點機會，讓我擁有還能回家的希望，即使只是微弱的蒸氣也好。

她誠心誠意地祈求，伸出手握住門把，嘟嚕嘟嚕，一打開門，煮沸聲響傳來，她的心跳開始加速，小心翼翼探頭入內。整座房間一片漆黑，沒有一絲蒸氣穿過黑暗。希亞再也止不住情緒，放聲大哭。

無論確認幾次，煮沸的鍋中皆不見一絲蒸氣，希亞的這一天又是徒勞無功的一天。藥草這個方法若是行不通，就必須尋找其他方法，但讓人無力的是她也沒有其他的方法能嘗試，現在唯一能去的地方也只有陰暗的地下室，在那裡等著她的也只有雅歌的冷嘲熱諷。

她心灰意冷，不知道該說什麼，也無話可說。希亞回到房間，將臉深埋在枕頭裡哭了起來，緊抓的最後一絲希望也拋棄了自己，原本迴避的恐懼大肆吞噬了她。

哭了許久之後，雖然已不再有淚水，但希亞還是將頭埋在枕頭間，一動也不動。此時一陣夾著花香的微風吹撫進房，那道風溫柔輕盈，像是來自她所生長的人類世界，也像是來自父母們關愛的氣息，她發呆將思緒寄託於無形的空氣中。

不久後裘德走進房間，即使聽見裘德開關門的聲響，希亞仍維持原先的姿勢，若是讓裘德看到自己哭腫的臉龐，他一定會追根究柢，這樣會讓他有危險。

「……希亞。」

裘德沉默片刻後，躊躇之下開了口。希亞極力掩飾自己沙啞的聲音回答。

「幹嘛？」

「妳怎麼了？」

「……不關你的事。」

無論裘德怎麼問，希亞就是不想正面回答他，甚至不自覺地開始不耐煩，她覺得如鯁在喉，喉間難以發出聲音，非常鬱悶，或說是非常痛苦。

「我說了不關你的事，你不要再插手干涉我了！」

希亞強忍著喉間的難受，吼出傷人的話語。

雖然她想看裘德一眼，卻果斷放棄，看見朋友受傷的神情只會使自己更加難受。她緊緊閉上雙眼，將頭埋得更深，裘德不再多說話，這使希亞鬆了一口氣，卻也更加心痛。

即便毫無睡意，希亞只能逼自己入睡。睡意忽地鑽進腦中，今天又會做怎樣的夢，睡醒後睜開雙眼，又有什麼苦難等待著自己，她像個膽小鬼般在漆黑的夢境邊緣匍匐前進。

夢裡希亞漫無方向地奔跑著，四周黯淡無光，一片漆黑，胸口瘋狂地起伏著，難以正常呼吸，她不知道自己欲奔向何處，只知道自己竭力地呼喊著某人的名字，喊叫至聲音沙啞，但無盡的漆黑沒有任何回音。

「……希亞，希亞。」

在朦朧之際，有人呼喊著她的名字，那是道熟悉的聲音，於是她朝著聲音的方向望去，一雙令人安心的褐色眼眸映入了眼簾。

「希亞，醒醒。」

希亞分不清楚自己是否還在做夢，只能呆望著裘德，裘德扶起希亞，輕輕握住半夢半醒的希亞，將她往外頭拉去。

當她正想開口時，裘德低聲說道：

「跟我過來。」

希亞跟在裘德身後走出地下室，外頭還是凌晨時分，清晨的冰涼空氣與櫻花花瓣在空中搖曳，希亞被裘德帶上樓梯，經過一個個正在進行收尾工作的料理室。用不著希亞開口問目的地，她隨即就看到那片以歪曲的字體寫了「敲門後進入！」的木板。

希亞停下腳步，即便裘德再次拉著她的手腕向前走，希亞仍舊站在原地。

「裘德，沒有用的。」

上頭繪有粉色花瓣的老舊木門，在希亞的視線中扭曲不堪，雖然裘德想轉開門把，但希亞一點也不想進門，甚至想阻止裘德開門，她希望那扇門能一直遮掩後頭那些光是沸騰卻不汽化的藥草，因為每當她發現藥草毫無變化時，心中的希望就一次次被澆熄，她不想再次經歷這種折磨，但裘德卻不顧一切扭開了門把，希亞被逼著進入了莉迪亞的房間。

房間被清晨蔚藍的光線籠罩，寒冰的空氣鑽進希亞的鼻腔，雖然整座房間被冰冷的光線包圍，但希亞的內心卻沒有因此冰冷失溫，因為在那冷颼的光線之上，溢著溫暖的五彩光輝。

在一片蔚藍間，嫩黃、橘橙、深紅等多彩的蒸氣將希亞團團包圍，融化了希亞的心，房間裡的鍋子無一不冒出蒸氣，顏色絢麗的蒸氣溫暖了兩人、照亮了彼此。

希亞一陣鼻酸，手腕傳來的溫度通過了掌心直達指尖，希亞再也不抗拒這股溫暖，她知道對裘德口出惡言後，裘德在這守了一整夜，想到這裡她難掩心潮澎湃。

「希亞，我不知道妳經歷了什麼事……」

裘德或許因為緊張，他的聲音有些顫抖。

「但我希望妳不要一個人承擔，妳現在身負的重擔，是妳無法獨自承受的重量，得到別人的幫助是很理所當然的。」

堅定的聲音輕撫著希亞殘破的心。

「……我希望妳不要有罪惡感。」

希亞的眼眶已經泛紅。

「我是妳的朋友，妳這樣把我推得遠遠的，我會難過。」

原本冰封的內心逐漸融化。

「我願意幫妳，雖然可能沒辦法真的幫妳找到解藥，但至少能一起努力。」

希亞其實明白，當她嚴厲推辭裘德時，內心深處仍希望裘德能諒解自己，並不顧一切地對她伸出援手。儘管她明白，為了裘德的安全，她必須再次拒絕他，但她的心已經被融化。明知不行、明知危險，她對裘德感到抱歉，也為自己的自私感到唾棄，但此時此刻的她……

「我相信光是有人陪在身邊就是一種很大的力量，別親手推開這份陪伴。」

裘德緊緊握住彼此的手。

「現在只要找出與人類心臟相似的藥草就行了，也代表……」

「我們有找到解藥的希望了。」

裘德笑著接續希亞的話。

餐廳即將關門的黎明時分，擁有堅毅友情的兩個人彼此對望，眼神中傳遞著無盡的勇氣與信賴。

希亞吸了一口氣，環顧房內，鍋子裡冒出的五顏六色的蒸氣，像是射向夜空的繽紛煙火。

「……裘德，真的很謝謝你。」

無論希亞講了多麼難聽的話，或是如何嚴厲地對待裘德，他總是第一個不吝嗇靠近自己的人，溫暖了她空虛無助的內心。希亞對裘德既感謝又抱歉，她對裘德的善意滿懷感激的同時，也討厭那個無法將他推開的自己。

「妳幹嘛講這種肉麻的話。」

裘德用輕鬆的語調打破沉重的氣氛，但希亞的內心卻逐漸烏雲密布。

——你知道我在擔心什麼嗎？你要是知道幫助我可能會死的話，還會笑著幫我嗎？笑得如此單純的你，是懷抱什麼想法接近我的呢？

「希亞？」

裘德眼見希亞一句話都不說，只看著自己發呆。

「啊，怎麼了？」

希亞這才慢一拍地回答，自紊亂的想法中甦醒。

「振作一點，我們要做的事還有很多，不是要趕緊找出相似成分的藥草嗎？」

裘德嘴裡不停叮嚀，並敲了她的額頭，希亞才回過神來，將思緒拋在一旁。

「不過我們要怎麼知道藥草的成分啊？」

他們僅是痴痴等待著藥草冒出水蒸氣，沒有心思計畫下一步，希亞對於妖怪島上的藥草相當陌生，園藝師也說過研究藥草是希亞的工作，因此無法找她解答，雅歌更是不可能提供任何協助，她連藥草有進展的事也不想跟雅歌說。

「啊！我為什麼沒有想到呢！」

當希亞沉思時，裘德突然興奮地大喊，希亞滿心期待看著他。

「我們可以去圖書館啊。」

「圖書館？」

「沒錯，妖怪島上也有圖書館，我記得那裡收藏了自文字創造以來的所有書籍，那裡一定有記載藥草知識的書。」

妖怪島上的真無奇不有，希亞又再次感這個世界的奧妙之處，原以為餐廳即是這座島的中心，沒想到竟有許多異想不到的地方。

「圖書館其實是為了高層職員設立的地方，我們是沒有資格出入的，但只要我們跟莫里波夫人仔細說明，她說不定會允許我們進去。」

裘德自信滿滿說道。

一聽見可能性的出現，希亞想隨即就前往圖書館，她的所剩時間已經不多，她必須盡快找出有助於了解藥草的書籍。

「裘德，我們現在就去管理室！」

這次是希亞先抓住了裘德的手，當他們衝出房外時，外頭已是明亮的早晨，欄杆上以特定距離設置的橘紅燈也一一熄滅，這幅情景看得希亞更加著急，白天可是妖怪們就寢的時間，再晚一些莫里波夫人的管理室也會關上門。

「快點！」

在希亞的催促下，兩人在晨曦下穿過折射陽光的閃閃櫻花，奔向管理室。

他們跑到管理室所在的乾淨走廊，熟悉的哭鬧聲大力敲響著耳朵。

「看來莉迪亞到這個時間了還不睡覺。」

聽著不止歇的哭聲，希亞快速踩步伐，口中唸唸有詞。

裘德聳聳肩，兩個人不再多說話，馬上打開管理室的門，莫里波夫人在文件資料間忙得不可開交，震耳欲聾的哭聲也不甘示弱地迴盪整座辦公室，莫里波夫人盛怒地抬起頭。

「今天到底是什麼日子，沒一件事順心的！」

莫里波夫人瞪著唐突的兩個人，希亞覺得萬般抱歉。

夫人今天也將憤怒的臉朝前，將笑臉收在頭後，她今天看起來格外憔悴，黑眼圈比上次更深，四方型的眼鏡也滑落眼睛下方，印象中她將頭髮盤得乾乾淨淨，今天卻雜亂不堪，許多落髮零散於雙頰。

「都這個時間了，你們想幹嘛？」

「先回去吧，有事明天再說。」莫里波夫人不等他們開口，就出聲打發他們，但希亞出於時間壓力，使她無法耐心等到明天。

她等到莉迪亞的哭聲稍待平息後，向莫里波夫人解釋。

「因為我們想去圖書館，所以想找妳得到認可。」

「嘖，圖書館可不是隨便就可以進去……」

「我們沒有奇怪的目的，純粹是為了找解藥才想進圖書館的，如果能借閱圖書館的藏書，我想一定能找到關於治療哈頓的線索。」

看著莫里波夫人逐漸扭曲的表情，希亞著急補充說明。但莫里波夫人並非三言兩語就能說服的人。

「妳也真是可笑，如果圖書館有答案的話，還需要大費周章把妳帶來嗎？哈頓大人的病是無人見過的罕見疾病，妳的小腦袋都在想什麼？」

莉迪亞的哭聲再次傳來，莫里波夫人似乎隨時都會發飆，她加重語氣說道：

「那可是專為高階職員設置的休閒設施，才不是一般人想進去就能進去的。」

莫里波夫人為了不被哭聲掩蓋，使勁地提高音量，她看起來相當疲憊，言語中不見一絲可商討的餘地。

這次換裘德開口說話。

「我們去圖書館時，絕對不會妨礙其他人，我發誓只要找到書就會馬上離開，不會造成問題的，拜託妳了，莫里波夫人。」

以裘德平常的行為態度而言，他的話讓人無法輕易相信，不知道是因為吵鬧的哭聲還是希亞不合理的情求，莫里波夫人的眉頭深鎖，嘆了一口氣，厭煩地說：

「真是煩人，我知道你們是為了找資料，但就像我剛才所說，圖書館是……」

即便莫里波夫人已經大聲說話，莉迪亞的哭聲卻不甘示弱地更加猖狂，如暴風雨席捲而來，強制入侵每個人的腦海，莫里波夫人的理智也被摧殘得片甲不留。

「啊，可惡！那個該死的丫頭！」

莫里波夫人斥責著聲音的來處，口中不斷咒罵著髒話，看來莫里波夫人是不會容許他們進圖書館了。

「等下次她心情好點時，再來一趟好了。」

落寞的希亞謹慎地開口。

「那請夫人再考慮看看，我們下次再過來……」

「等、等一下！」

莫里波夫人急忙叫住他們，聲音比往常來的尖銳刺耳，她用銳利的眼神打量著希亞，使她感到不安。

「……我有一個不錯的想法。」

莫里波夫人像是發現獵物般，一臉興味盎然，希亞感知到事情的不對勁，夫人接下來的話更是讓她眼前一片漆黑。

「如果妳能讓莉迪亞安靜一整天都不哭鬧，我就允許妳在隔天可以盡情瀏覽圖書館的書，不過若是她有一點吵鬧，妳隔天連圖書館的門也別想靠近。」

時機如此剛好，當莫里波夫人語畢時，那道響徹雲霄的哭聲又鑽進耳膜，像是在催促希亞的回答般，又急又兇猛。

那個曾變身為怪物脅迫希亞的孩子，她怎麼可能安撫那個可怕的小孩。

「難道沒有其他的……」

「沒有。我很明確地告訴妳我的條件了，做不到就別打圖書館的主意。」

莫里波夫人意志堅決地要他們找方法讓莉迪亞止住哭鬧，無視兩人的求饒，即使裘德說著這樣的提議很卑鄙，卻也只換來莫里波夫人毫無後退的堅決，更說唯有完成任務，否則什麼都別想得到。

在裘德與莫里波夫人爭論不休的鬥嘴中，以及樓上不斷吵鬧的哭聲間，希亞擠身於動彈不得的宇宙中，蜷曲了身子，她多麼希望一切都能順利發展，想到這裡眼淚似乎就要觸發，現在她能做的只有接受眼前所發生的一切。

「我去找莉迪亞。」

接受了沒有商討餘地的任務後，希亞走出管理室，憂鬱地踏出步伐。

——去找她時該說什麼？要不要帶份禮物過去？對了，她喜歡裘德，如果帶裘德去，她應該會很開心吧，可是裘德也不可能陪她玩一整天，這下該怎麼辦？

「希亞。」

她正陷入思考時，走在一旁的裘德叫住了她，並看著希亞。

「太陽升起了。」

當希亞正在理解這句話的意思時，才想起這裡的作息時間與人類世界相反，現在應該是妖怪們入睡的時間。

「莉迪亞現在也一定要睡覺了，就算她再怎麼愛哭，也不會哭二十四小時吧？我們也先回去好好休息，晚上再過來找她。」

裘德小心地觀察著希亞的表情。他的眼神有些朦朧，看來是有些睏意，希亞也只好點點頭答應他，其實希亞剛才在地下室因為哭累後，小睡了片刻，現在絲毫沒有睡意，無盡的夢對她也只是恐懼的延伸，此刻她的心中浮出一個問問題。

「可是，裘德。」

「嗯？」

裘德因倦意含糊地回答，希亞緩緩開口。

「莉迪亞即使被解僱了，還是待在這裡大吵大鬧，她的哭鬧聲更是造成很多員工的麻煩……」

「妳想知道為什麼沒有趕她走嗎？」

裘德馬上就明白希亞的問題，笑著替她把想說的話說完。

希亞點點頭，就算莉迪亞再怎麼任性胡鬧，如果是像夏茲等高層員工出手，應該能輕鬆地將莉迪亞驅趕出妖怪島，那麼為什麼這些厲害的妖怪願意吞聲忍受一個小孩的無理哭鬧呢？

「因為如果用武力強制驅趕她，會有麻煩的問題產生，嗯，該怎麼說，雖然莉迪亞很任性，但至少她還是擁有公主的身分。」

希亞差點以為自己聽錯。

「公，什麼？」

「公主，她是女王的女兒。」

「什麼？」

希亞高聲驚呼，督促著裘德仔細告訴她來龍去脈。

「其實我也只是聽到傳言，不清楚真正的事發經過。聽說女王因為是女王蜂，每天會產下數十隻蜜蜂，若是雄蜂就會做為自己的臣子或是收編為軍隊。」

裘德聳著肩解釋。

「我不太清楚原因，聽說女王生下的雌蜂沒有翅膀與毒針，或許是因為這樣才將她們當作自己的孩子養育，所以理所當然就是公主們，莉迪亞原本也是其中之一，但不知道是被女王討厭而趕出宮，還是自己離家出走，反正她之後就來餐廳當女巫，過沒多久就被哈頓辭去了。」

希亞睜大雙眼，她不敢相信莉迪亞竟然和妖怪島上擁有最強兵力的女王有著這層關係。

裘德繼續說明。

「所以大家不敢拿她怎麼樣，雖然她現在不是公主，但誰知道如果真的敢走她，女王會不會突然改變心意，為公主發動攻擊。」

裘德講完後打了個哈欠，用眼角觀察著希亞的反應。

「哈啊，有那麼驚訝嗎？這裡的妖怪都知道這件事。不果我真的好累了，我們趕快回去睡覺吧。」

裘德拉長身子，伸了個懶腰，但希亞無法就這樣進入夢鄉，她停下腳步。

「裘德，你先回去，我現在沒有睡意，我去個地方再回去。」

「啊？妳要去哪裡？」

希亞早已轉身，將裘德落在原地，她快速地奔跑著，朝向放置鍋子們的那個房間，也就是莉迪亞以前使用過的房間。

# 24

# 莉迪亞的日記（上）

「敲門後進入！」希亞無視門上字體歪斜的粉紅色牌子，二話不說走進女孩的房內，房間被一層灰白色的灰塵覆蓋。雖然可能是白費力氣，但希亞認為需要真正了解莉迪亞才能讓她停止哭泣或逗她開心，無論如何都需要了解她的過往才能接近她。

——那個東西在哪？

希亞思索著那天第一次踏進這裡的記憶，仔細端詳著書架，最後拿起一本焦黑的筆記本，那時匆匆一瞥所預想的沒錯，這本筆記本的確是莉迪亞的日記。希亞呼出一口氣，吹去上層覆蓋的灰塵，窗縫曬進白天的陽光，使筆記本染上一層金黃色，她調整呼吸翻開第一頁。

**XXXX年4月3日**

今天是我的八歲生日，媽媽帶我和姊姊們到我最喜歡的餐廳，那裡的人都好親切，還準備了神奇的表演給我們看。一位有著金黃色、紫色眼睛的叔叔祝我：「公主殿下，生日快樂。」然後從我正在吃的蜘蛛義大利麵中，變出了一朵花，我覺得好神奇，但那個叔叔的表情好可怕。

打扮得漂漂亮亮的叔叔阿姨們不斷端出好吃的菜餚，我跟姊姊吃得好飽，但媽媽卻不喝她最喜歡的葡萄酒，我問媽媽為什麼不喝，媽媽說因為喝了會被吸血鬼催眠，我不知道那是什麼意思。

吃完飯，我想去餐廳外面看看，我騙媽媽說要去洗手間，因為平常都待在跟冰屋一樣的宮殿，難得可以出門，我想看看外面的世界。我走下餐廳外的樓梯，看到一座開滿花的庭園，我進去一看，裡面有棵美麗的大樹一邊哭一邊流血，好可怕又好可憐，那棵樹好像全身都是傷口，我不知道她為什麼要傷害自己，我靠過去和她說話，那棵樹說自己是園藝師，這座庭園的花需要用她的血液灌溉，所以她必須傷害自己來養活他們，我覺得園藝師好可憐，我想用我的血幫她灌溉植物，但她說不用，說這裡的植物已經是她的一部分，所以不需要我的血，我問那是什麼意思，園藝師只是對我微笑，那個笑容看起來好難過，我抱住了園藝師。

媽媽送給我一條好漂亮的手鍊當生日禮物，這條手鍊以前只有姊姊們有，讓我好羨慕，現在我也有了，太棒了！手鍊上鑲滿好多閃亮的寶石，聽說是龍族親手做的喔。

XXX年4月5日

我今天也在宮殿圖書館讀了一整天的書，學到好多藥草與魔法的知識，可是奧莉維亞覺得藥草學與魔法很無聊，但我更搞不懂姊姊讀的書哪裡好看，那些書有王子跟公主殿下，他們親親後就舉行結婚典禮，這到底哪裡有趣了，哼！

我跟姊姊說，我們也是公主，有一天也會跟王子結婚，我以為姊姊聽了會很開心，結果她看起來卻很難過，她說我們不會有那一天，我問為什麼，她卻說那是秘密，太過分了！

我往窗戶看，外面看起來像是被人用粉紅色蠟筆畫過的圖畫紙，看到窗外的櫻花樹就想起前天遇到的園藝師，等我長大以後，我不要跟王子結婚，我要成為像媽媽一樣帥氣的女王，然後讓園藝師可以不用受傷就能照顧好庭園裡的每一朵花。

XXX年4月7日

媽媽說要砍掉宮殿外的櫻花樹，因為櫻花開太多了，害大家走路不方便。我第一次看到媽媽做出這麼殘忍的事，怎麼可以砍樹呢？我想到用自己的血養庭園的園藝師，覺得好難過，難過到一直哭。

隨從們有安慰我，但我還是太難過了，我跟媽媽說我會每天打掃外面的櫻花花瓣，不讓花瓣擋住道路，求她放過那些櫻花樹。媽媽第一次對我露出不耐煩的表情，但最後還是答應我了。

媽媽今天比平常結了更多次婚，好像因為很累所以心情不好，但是穿著婚紗，戴著皇冠的媽媽，不管什麼時候很美麗，世界上最漂亮的是櫻花，再來就是媽媽。

**XXX年4月8日**

我用掃把將宮殿外堆滿滿的花瓣掃到路邊，櫻花真的好美，即使掉滿路面，也像走在雪上一樣柔軟舒服，我不明白媽媽為什麼會討厭櫻花？為了不讓花瓣受傷，我輕輕把它們推到旁邊，然後把花瓣集中在樹根下的兔子洞裡。

掃地太無聊了，我試著跟樹木聊天，樹木傳來熟悉的聲音，我一聽就知道是園藝師，她很高興能再和我聊天，她說樹木底下的洞窟相互連結，能通往不同的場所，所以她能存在於不同的地方。

雖然我不太明白這是什麼意思，但還是很開心能遇到她，園藝師向我道謝，謝謝我幫她說話讓她沒被砍掉，我也向她道謝，因為很開心能繼續看到漂亮的花。

站在宮殿外我才發現，整座宮殿被常春藤包圍，好漂亮呢，這些常春藤也是園藝師的一部分嗎？

xxxx年4月11日

我今天跟姊姊們玩捉迷藏，我躲在園藝師的身後，當格瑞絲姊姊過來時，園藝師彎下身遮住我，遊戲結束後格瑞絲姊姊知道我躲在哪裡時，竟然說我作弊，最後是奧莉維亞姊姊替我說話的。

格瑞絲姊姊跟其他姊姊都喜歡欺負我，每次都是大姊姊奧莉維亞出來幫我說話，不過最可憐的人還是年紀最小的我！

如果我像媽媽一樣擁有毒針跟翅膀，就算是老么也可以很厲害，格瑞絲姊姊就不敢欺負我了！

xxxx年4月15日

我今天做了惡夢。

xxxx年4月16日

媽媽說我只要表現得像以前一樣就好，要我什麼都不要想。

XXXX年4月18日

我今天喝了眼球濃湯，很好喝。吃了烤蜥蜴，很好吃。看了書，很好吃。跟姊姊們玩，很好吃。我去圖書館看了書，很好吃。我吃了眼球濃湯，很好吃。我在廁所哭了好久。

XXXX年4月19日

我再也忍不住了，我好害怕，我都沒辦法專心，眼淚流個不停，我好希望全部都只是夢。

XXXX年4月20日

我受不了了，如果不把這個事寫在日記，我真的會發瘋。媽媽說不可以跟任何人說，但寫在日記裡應該沒關係吧？沒關係的，拜託，一定要沒關係。

前幾天，我和平常一樣跟姊姊們玩捉迷藏，但我不想被奧莉維亞姊姊抓到，所以我跑去找姊姊沒去過的房間，找著找著，我走進了陌生的房間，這間房有很多大衣櫃，我躲在衣櫃裡，從門縫偷看走進來的人。

媽媽進來了，後面還有隨從，隨從抱著剛出生的寶寶，寶寶的樣子剛好被媽媽擋住，我什麼都看不清楚，只能聽到小小的嚶嚶聲。

我雖然想跑出衣櫃抱住媽媽，但媽媽的表情太可怕了，感覺被她發現我在這裡的話會被罵，我只好繼續躲著。

隨從把寶寶抱給媽媽，說是個女孩子，我在衣櫃裡嚇了一跳，一直以來媽媽只生下男寶寶，都只能用來當士兵跟隨從，所以我都沒有妹妹，現在終於有了，我好開心終於有比我更小的公主，總算輪到我有妹妹了。

這個時候，媽媽說：「是喔，那要剪掉她的翅膀與毒針才行。」然後又說：「這世界上不能有第二隻女王蜂，要把她的翅膀與毒針去除。」說完後，媽媽用手拔掉了寶寶的翅膀跟毒針。我從門縫看見寶寶身上噴出鮮紅色的血，她大聲地哭了起來。

媽媽叫隨從帶寶寶去包紮，那位隨從把寶寶帶走後，媽媽把拔下來的翅膀與毒針放在架子上，我看到架子上還有其他東西。

大女兒吉賽兒的翅膀與毒針。

二女兒奧莉維亞的翅膀與毒針。

三女兒格瑞絲的翅膀與毒針。

一格又一格……

九女兒莉迪亞的翅膀與毒針。

當我看到那行字，突然喘不過氣，眼前的景像太可怕了，我好像隨時會昏倒，不管怎麼呼吸都吸不到空氣，為了不叫出聲我摀住了嘴巴，身體不斷發抖，我太害怕了，在衣櫃裡抖了好久，過了一陣子後，我從門縫確認外面沒人了，馬上跑出衣櫃。但是媽媽卻站在衣櫃前看著我笑。

「妳全看到了？」

媽媽高亢的聲音讓我冒起雞皮疙瘩，她敲了敲房門，士兵與隨從們列隊走進來，他們面無表情，動作很整齊，不斷走進房間，媽媽和士兵、隨從們把我圍起來，十幾雙眼睛盯著我看。

媽媽臉上的笑容很燦爛，說話的語氣很輕快。

「莉迪亞，妳在衣櫃裡看見了什麼？」

「媽媽，我錯了，請原諒我，我不是故意的。」

我全身顫抖，眼淚不斷流出來，整張臉都是淚水，連頭髮也濕透了。

然後媽媽……媽媽她殺死了站在她旁邊的隨從，他的屍體倒在我的旁邊，那是昨天幫我燙洋裝，還送來給我的隨從。

「莉迪亞，妳在衣櫃裡看見了什麼？」

我不停發抖。

「我、我看見媽媽把寶寶……」

一道聲響劃破空氣，旁邊傳來砰的聲音，我轉過頭，那是今天早上替我們準備早餐的隨從，我的腿突然沒有力氣，膝蓋朝下癱坐在地。

「莉迪亞，妳在衣櫃裡看見了什麼？」

聽著媽媽溫柔的聲音，我的眼前逐漸被白霧籠罩。

「我的毒針和翅膀，還有姊姊們的毒針跟翅膀……」

砰。

我用力地閉上眼睛。

「妳在衣櫃裡看見了什麼？」

我該怎麼回答才好。

「我、我會一輩子裝作沒看見，假裝什麼都不知道，我不會告訴別人……」

砰。

「莉迪亞，妳看見了什麼？」

我放聲大哭，太過難熬，我覺得自己快受不了了。

砰，耳邊又傳來聲響，這次是我的前面，重物掉落聲持續了好一陣子。

我感覺到腳邊有濕潤的觸感，嚇得我睜開眼睛，只看到流滿鮮血的地板、滿地的屍體、媽媽，和一名發抖的士兵。

「莉迪亞，妳看見了什麼？」

我流下眼淚，我必須用全身的力氣才能發出聲音。

「我什麼都沒看到。」

那天晚上，房間裡的最後那名士兵活了下來，媽媽笑嘻嘻地走出房間並說：

「別忘了，能拯救妳的鑰匙就是靜默。」

**XXX年4月22日**

媽媽像什麼事都沒發生一樣，對我很溫柔，什麼都不知道的姊姊們也每天都過得很開心，我只在媽媽叫我的時候出去吃飯，其他時間都躲在廁所裡哭，我好想跟其他人說，但我怕如果被發現，又會發生上次的事。

XXX年4月25日

我最後還是忍不住跟樹木說了，不能跟其他怪物說的話，跟樹木應該沒關係吧，樹木會替我保密的。

但樹木聽了我的秘密後並沒有覺得很驚訝，她說她早就從包圍宮殿的常春藤知道了所有的事，我猜的沒錯，常春藤也是園藝師的一部分。

樹木很擔心我。

XXX年4月27日

我昨天跟今天都去找樹木說話，我除了吃飯和睡覺以外，都和樹木在一起，和唯一能說真話的朋友在一起，讓我很安心，就算櫻花開始凋謝也沒關係，因為樹木不會消失。

XXX年4月28日

天哪，該怎麼辦，樹木全都告訴我了。

**xxxx年4月29日**

我不知道該怎麼辦才好，樹木說要幫忙我逃走，但姊姊們呢？

**xxxx年4月30日**

那天就快來了，我好害怕，都握不住筆，連字也寫不好，但是我只能寫在日記本上。

幾天前樹木跟我說，說媽媽要把我交給惡魔，這是她從常春藤那裡聽到的。原本的順序是奧莉維亞姊姊，再來是格瑞絲姊姊，要過一段時間才會輪到我，但因為我知道了媽媽的秘密，所以她決定先把我交出去。

雖然我沒有看過惡魔，但我在圖書館的書上看過他的資料，惡魔是世上最恐怖的存在，他一定會殺死我，我要死掉了。

樹木說在奧莉維亞姊姊之前的吉賽兒姊姊，也是在交給惡魔後就消失了，雖然我不認識吉賽兒姊姊，但我記得從衣櫃裡看見她的翅膀與毒針。

我不想被惡魔抓走，樹木說她能用兔子的洞窟帶我去安全的地方，但這裡的人該怎麼辦？姊姊們該怎麼辦？

## XXX年5月1日

我沒辦法丟下姊姊們離開，我再也忍不下去了，所以我趁姊姊們都在房間的時候，跟她們說我那天在衣櫃裡看到的事情，還告訴她們媽媽會把我們一個個獻給惡魔，姊姊們的臉色發白，但奇怪的是沒有人看起來很驚訝，我才明白，原來她們早就知道了。

就在這個時候，傳來了敲門的聲音，當我開門時，媽媽站在門外看著我笑，媽媽那個時候高亢的嗓音我還記得很清楚。

「妳還是沒有保守秘密呢。」

我太害怕了，馬上跑到姊姊旁邊，但手腕好痛，低頭一看，媽媽在我生日時送的手鍊竟然緊緊地勒著我，我用力拔都拔不掉，姊姊們的手鍊也一樣。奇怪的事情發生了，我的意識越來越模糊，我真的太害怕了喘不過氣來，覺得自己快要昏倒了，不知道該怎麼辦才好，我想起了樹木，她說要幫我逃走，那她現在在哪……

我看到窗戶的一角，我在快暈倒前努力跑到窗邊，用全部的力氣跳了出去，包圍窗沿的常春藤接住了我，我之後就沒有印象了。

# 25

# 莉迪亞的日記（下）

xxxx年5月2日

我是壞人，我丟下姊姊們自己跑逃走了，媽媽不愛我了嗎？

xxxx年5月3日

園藝師說不是我的錯，但我不這麼認為，如果我再小心一點，說不定媽媽就不會聽到，我如果早點跟姊姊們說的話，大家或許就能一起逃走，如果我害姊姊們被逼著獻給惡魔的話怎麼辦？惡魔會折磨姊姊嗎？會殺掉姊姊吧？媽媽明明不是那種人，她以前很愛我的，而且姊姊們跟我不一樣，她們都很乖，媽媽會愛她們的。

xxxx年5月4日

我到現在都還能感受到被手鍊勒緊的感覺，這時我都會失去理智，腦袋裡都能聽到媽媽罵我的聲音，回過神後都在哭，園藝師餵我吃藥草，說我很快就會好轉，但我好害怕，我擔心姊姊們，也擔心園藝師，她最近忙著照顧庭園流了好多血。

XXX年5月5日

我想從夢裡醒來，但我卻醒不來，雖然有意識但我沒辦法動，就像被深海吞噬。我努力想張開眼睛，可是張不太開，當我用力逼自己張開眼睛的時候，才發現我早就張開眼睛了，就在這個時候，眼前的濃霧不見了，眼前一片清晰。

突然，我好像看到一雙滿是疤痕的醜陋手掌，用骯髒的爪子狠抓著園藝師，然後我又失去了意識，醒來之後，我覺得好害怕，因為那雙手好像是我的……

XXX年5月6日

我好像瘋了，整天都在發抖，就算只是坐著也喘不過氣，好像隨時會昏倒，只有寫日記才能讓我保持清醒。

等等，我現在在寫什麼？我今天也配水吃了園藝師給我的藥草，好好吃，不，好像不太好吃，明明很苦，開始吃藥之後我好像變得奇怪，我今天又在湖泊上看到那個又醜又兇的怪物了，我真的好害怕。

XXX年5月7日

我不是怪物，我不是，我不是怪物，我不是怪物，我不是，我不是，我不是，我不是怪物，不是，我絕對不是，我不是怪物，拜託不要是我，我真的不是怪物，我錯了，我不是怪物，我不是，我不是，我才不是，不是的，我不是怪物，我不是怪物，不是，怪物，不是，我不可能是的，不會的，不，我是怪物，不是，不，我是怪物。

**XXXX年5月8日**

我是怪物。

**XXXX年5月9日**

好想死。

**XXXX年5月10日**

我今天又在湖面的倒影看見那個怪物了，我在心裡大吼，希望那個怪物能殺死我，但難過的是那個怪物就是我，我已經不是我了。

**XXXX年5月11日**

我今天發現自己變成怪物的時候，有努力保持理性，盡力用頭腦控制手腳的動作，當我瞄到鏡子時，鏡子裡的可怕怪物滿臉都是眼淚。

**XXX年5月12日**

為了不失去理智，我用盡了全身的力氣，但最後還是失去意識，不知道過了多久，當我醒來的時候，我的呼吸急促，周遭一片混亂，園藝師身上流了血，讓我好害怕，怕得哭了出來，我全身都濕掉了，不知道是因為汗水還是眼淚，也可能兩者都有，我覺得自己好悲慘，大聲哭了起來，眼淚不斷溢出。

我好笨，我好想媽媽。

**XXX年5月13日**

我今天也好怕會失去自我，整天都好痛苦。但其實一難過就想抱媽媽的心情讓我更難過，媽媽明明很愛我，為什麼要把我獻給惡魔呢？如果能回到過去，她會原諒我嗎？

園藝師要我別抱期待，她說我絕對不能回去，我雖然知道不能回去，但我有好多話想問媽媽。

第一，媽媽為什麼不要我了？早知道會這樣我就絕對、絕對不會愛媽媽了，這樣的話我現在才不會這麼難過。

第二，媽媽真的不愛我嗎？我難過的時候她都會抱我，我睡不著的時候，她會唱搖籃曲給我聽，如果全部都是騙人的，那我以後該相信什麼？

第三，她難道不能再愛我嗎？

XXXX年5月14日

我每天都在哭，所以眼睛都腫腫的看不清楚，也好，這樣就不用看見自己變成怪物的模樣，不用看見那些被我弄壞的東西，也看不見被我抓傷的園藝師。她說多虧了我，現在不用傷害自己就能用血液養植物了，我已經沒有臉見園藝師了。

XXXX年5月15日

吃園藝師給的藥草真的是對的嗎？吃了那些藥草後，我感覺到前所未有的失落與悲傷，我好混亂。

真正的我究竟是八歲的莉迪亞，還是怪物莉迪亞，如果是怪物該怎麼辦？我擔心得整天都在發抖，為了搞清楚，我增加了藥的量，變成一天吃兩次。

ＸＸＸＸ年5月16日

我現在就算變成怪物，維持理智的時間好像也變長了。

ＸＸＸＸ年5月17日

我今天做了夢，夢到媽媽走進熟悉的房間，她穿著婚紗，戴著皇冠，跟以前一樣美麗，媽媽坐在沙發上看著姊姊們，我看到姊姊一個個變成怪物，我覺得好害怕又好難過，全身都起了雞皮疙瘩。

我放聲大哭，努力讓自己不要變成怪物，我好難過，拚命大叫，叫得我喘不過氣，一直哭一直哭，我只能眼睜睜看著姊姊們變為怪物的模樣。

媽媽笑著命令姊姊：「抓壞書桌！撕開地毯！再大力些！把椅子都摔壞！」姊姊們像發瘋一樣弄壞房間的東西，我只能縮在旁邊哭。

手腕上的手鍊開始縮緊，弄得我好痛，我痛到大聲尖叫：「拜託放過我和姊姊，請救救我們，我要死了，請幫幫我。」但不管我怎麼叫，都叫不出聲音。

ＸＸＸＸ年5月25日

園藝師給的藥草起了作用，我現在能控制自己了，就算被手鍊勒緊或快要變成怪物，甚至聽見幻聽我也能好好控制了，只是當我難過或生氣的時候，又會想變成怪物，園藝師安慰我，她說之後會慢慢好起來的。

我問園藝師為什麼媽媽要按照順序把我跟姊姊們獻給惡魔，也問了手鍊到底是用來做什麼的，還有姊姊們現在怎麼樣了，但園藝師都不回答我。

XXXX年5月27日

園藝師不像以前那樣對我好了，她說因為我的關係，媽媽剪光了宮殿的常春藤，還把櫻花樹砍光光了，為了不讓常春藤與樹木包圍宮殿，還把宮殿移到半空中，我跟園藝師說對不起，但園藝師太傷心了，沒辦法接受我的道歉，她雖然沒有討厭我，可是她已經不像以前那樣疼我了，我傷害她和她的庭園太多、太多，我好怕園藝師也會像媽媽一樣不愛我。

XXXX年5月31日

最近園藝師把她知道的藥草知識，還有調製藥水的配方都講解給我聽了，我本來就對藥草跟魔法很有興趣，所以聽她講解很好玩，比圖書館裡的書有趣一百倍。

原本還怕園藝師不愛我了，看來是我錯了，太好了！

XXXX年6月4日

我用園藝師教的方法，用藥草做了實驗，還調製了藥水，真的好開心喔！園藝師稱讚我很聰明，一點就通，她說或許我能成為一名優秀的女巫，雖然我從沒想過要當女巫，但聽到稱讚讓我好快樂。

XXXX年6月7日

我今天用藥草和花調製了一瓶美妙的香水，送給園藝師，她看起來很開心，或許我有天真的能成為一名很棒的女巫，可以救姊姊們。

XXXX年6月12日

園藝師是壞蛋。

XXXX年6月13日

園藝師拋棄我了。

xxxx年6月15日

園藝師教我藥草的知識是為了讓我當女巫，這樣她就能把我丟來餐廳工作。

xxxx年6月16日

我說我不想去，哭著說想繼續待在她的身邊，我一直想起她把我交給路易時的冷酷表情。當我實驗成功，開心地稱讚我的表情；當我送她香水，興奮收下的表情，全都是騙人的！我以為園藝師愛我，結果她跟媽媽一樣欺騙了我。

xxxx年6月20日

那些和我說過生日快樂的妖怪們，現在全都很討厭我。有人說我是被拋棄的公主，有人說我是怪物。之前送花祝我生日快樂的路易也是，只要我沒有認真工作，就會擺出恐怖的表情教訓我。

xxxx年6月25日

我討厭櫻花，看到櫻花會讓我想起不好的回憶，但今天走下樓梯時，看見一個用掃帚掃著櫻花花瓣的男生，他有雙淺褐色的眼睛，他就像以前的我，他叫裘德。

希亞顫抖著手將日記本闔上，雖然腦裡一片空白，但用墨水下寫的故事卻清晰分明。一名八歲女孩被曾是世上唯一支柱的母親拋棄的委屈、留下姊姊們獨自脫逃的罪惡感、對於變身為怪物的恐懼、被朋友再次拋棄的痛苦，她將這些悽慘的情緒寫進薄透的紙張上。

希亞抬頭環繞這個女孩的房間，梳妝台上散落髮圈與幾根頭髮，她是否獨自在鏡子面前練習綁頭髮，書桌零散地刻著姊姊們的名字，還有上頭寫著「不可以變身」的便條紙。

即便被餐廳解僱，也不讓妖怪們進出自己的房間，其中原因是這些日記嗎？

暗戀那名清掃櫻花的少年，知道少年名字時的悸動；知道自己被雅歌取代女巫的位置，漸漸無法信任他人的心境轉變；以及即使想去救姊姊們，但擔心自己被餐廳解僱後會被女王處罰的恐懼；儘管整天嚎啕大哭，但為了不被趕出妖怪餐廳，仍獨自堅守在此的孤寂；聽見人類來到這裡而萌生的好奇心……這些難以數計的情感，全都只能向日記訴說。

那麼現在這個孩子在哪裡，當希亞來到這裡烹煮藥草，與裘德在這裡忙進忙出，甚至在她看日記的時間裡，怎麼未曾看見莉迪亞，日記的最後一頁停在她得知希亞抵達妖怪餐廳的情景，卻沒有寫下她們第一次見面的情況。

她與莉迪亞初次見面的那天，希亞與裘德亟欲想逃離莉迪亞，他們對追上來的莉迪亞做了什麼事？

心想至此，希亞的心臟如沉船般被深海淹沒，她奔出莉迪亞的房間，搜尋那天的記憶，迫切找尋當初那個房間。

四處打轉後，好不容易找到記憶中的那扇門，她殷切希望心中的猜測絕對不能成真，忐忑地打開了門，熟悉的黑暗中有一名全身被綑綁的女孩癱躺在地，希亞雙腿發軟，跌坐在地。自上次見面，時間已經過去一個禮拜了。

凌亂的紅色髮絲在臉頰側與頸邊打結，被綑綁的身體微微抽搐，希亞整個人僵直在地，一動也不敢動，身體發顫至無法上前查看。

開門的瞬間是難以言喻的衝擊，再來是自責，爾後是椎心刺骨的絕望、悲傷，她痛恨自己，不斷湧上的情緒淹沒希亞的內心。

——裘德明明告訴我，雞蛋們會發現她，並幫她鬆綁……所以……就算我們把她綁起來逃走也不用擔心，我相信了他……

「被拋棄的公主。」

「沒用的女巫。」

「怪物。」

雞蛋們會這樣恥笑她。

看似放棄的莉迪亞沒有反抗，也似乎早已渾身無力，那副模樣心疼得讓人感到害怕。希亞緩慢起身，走向她而去，用顫抖的手解開纏在嬌小身軀上的繩索。

面對突如其來的動作，莉迪亞睜開雙眼，在散落的髮絲間望見希亞後，莉迪亞的眼神突變為憤怒，止不住的怒氣化作一口痛苦的吼叫，尖銳地衝出女孩的嘴。

莉迪亞的臉像紙張逐漸扭曲發皺，開始轉變為另一個模樣，手鍊緊勒的附近長出大量的毛髮，整個人漸漸變形，希亞見狀，趕緊將莉迪亞緊緊抱住，她能感受到懷中嬌小的女孩奮力掙扎，愈是如此，她愈將她擁入懷中。

原本輕輕拍打希亞的小手，變為尖銳漆黑的爪子凶狠地抓傷她；原本甩著頭，發出喊叫聲的嘴長出銳利牙齒，朝希亞咬去；掛著淚的紅褐眼珠突變為充斥憤怒的發狂眼神，希亞不為所動，只是緊緊抱著她。

「對不起，那時候我看見變身的妳就想轉身逃走，因為我太害怕了，妳明明不是怪物的，真的很對不起，我不應該擅自誤會妳。」

希亞用力吐出每一個字，她緊緊抱住不斷掙扎的莉迪亞，嘴上持續複誦道歉。

不知不覺中莉迪亞也停了下來，懷中的抵抗逐漸減緩，只感受到輕微的顫抖。

「妳為什麼突然對我這樣？」

女孩的聲音帶著困惑與懷疑，希亞猶豫該怎麼回答。

「我看了妳的日記。」

她感覺到莉迪亞瞬間僵住身子，但她並沒有離開希亞的懷中。

「對不起。」

希亞只能再次道歉，但莉迪亞似乎不為所動。

「其實我記不清楚日記的內容，因為我每次寫日記時，精神狀態都不太好。」

淡然的聲音使希亞心如刀割，莉迪亞僅僅八年的人生就已歷經過多的折磨，就連日記被偷看也無動於衷……這是連十六歲的希亞都心疼得無法接受的現實。

莉迪亞靜靜躺在希亞的懷中，並非因為信任或依賴，她只是沒有力氣掙扎了。

希亞難以輕易開口，對眼前的女孩來說，再多的約定只是傷害，每一字、每一句伴隨的責任與負擔像黑影般如影隨形，不過希亞不能就此逃避，她必須償還對這孩子的愧歉。

「莉迪亞，我們當朋友吧，在我離開前，讓我成為妳的朋友。」

莉迪亞不為所動，希亞急忙地說：

「我沒有騙妳，我答應妳。」

但這無法改變什麼。

「不要用膚淺的同情心答應我什麼，當信任換來背叛的時候真的很痛苦，很難受。還不如一開始就什麼都不要相信。」

風吹起櫻花花瓣，這個孩子的心仍隱隱作痛，在那伴隨微風的記憶裡，她仍擔憂留在城堡的姊姊們，還有愈難受就愈想被母親擁入懷中的矛盾，這些痛苦使她陷入無止盡的傷痛，最終這些傷痕又成為心裡的另一道傷口。

莉迪亞已經滿身是傷，她沒有勇氣相信別人，沒有信心再次承受背叛，人與人之間建立關係時所附帶的責任與後果，使她恐懼萬分。

「別答應會待在我的身邊。」

即使莉迪亞歷經了一次次的離別，她的話語還是帶著輕微的顫抖，她心知肚明結局會反覆上演，卻放不下最後一絲希望，這樣的心情讓她痛苦想哭，她不想再重蹈覆轍，這一切已經太累了。

「園藝師也沒有對妳說謊，她當時是真心的，只是變心了而已。」

「我不會那樣的，所以我們……」

「姊姊，人的心會因為情況而改變。」

這句經過反覆驗證的話，聽來格外沉重。

希亞回想起自身的經歷，哈頓的合約、夏茲的威脅，裘德與西洛的真心對待，人心因情況變，她想起夏茲拿裘德威脅自己的情景。

——人心因情況而改變？

希亞恐懼夏茲的警告，試圖疏遠裘德。

——人心因情況而改變？

不過裘德卻因希亞的疏離，靠得更近了。

——人心因情況而改變……但裘德仍願意成為支持我的朋友。

希亞有了直視莉迪亞的勇氣。

「在我第一次遇見妳時，因為看到妳變身的模樣而感到害怕，當時我認為妳是個怪物。但今天我看著變身的妳，還是緊緊抱住了妳，在我的眼中，妳不再是個怪物，只是個受傷的孩子。」

希亞平靜說著。

「順序應該變換才對，是人的心改變情況。」

希亞堅定地講出每一個字，她下定決心去除這孩子心中的恐懼。

「讓我成為那份對妳永不改變的真心。」

# 26

# 開戰

太陽高掛於空，光線照射於妖怪島的每一隅，日光下的餐廳出奇安靜，高低起落的煙囪不再吐著白煙，聞不到夜晚總是飄揚的食物香味，聽不見廚房忙碌的聲響，總被妖怪們擠得水泄不通的走廊、階梯、餐廳、庭園、橋墩，全都空曠無人，猶如死城。

在這般寧靜之中，卻有一個地方微微騷動，隨著錯綜複雜的翡翠色階梯往上，有間房間外頭掛著要敲門才能進入的木板，內頭有兩名少女輕聲細語。

「姊姊，早上了。」

原本填滿房間的月色被陽光取代了好一陣子後，她們才發現已是早晨，習慣妖怪島日夜顛倒的希亞，新奇看著窗外的景色，來到這裡後只見夜間充滿妖怪的光景，眼前寂靜安然的妖怪島讓她感到格外生疏。

溫暖的春風夾雜花香，吹撫髮絲，希亞享受著難得的平靜，突然感到胸口一陣動靜，她低下頭，原來是莉迪亞鑽進她的懷中，被繩索綑綁了一個禮拜，身軀清楚可見鮮明的紅色勒痕，那名孩子躺在親手綑綁住她的人的懷裡，睡得很安穩，希亞心懷抱歉也感到心疼，她輕柔整理莉迪亞臉頰上散落的髮絲，用手輕拍她的背。

相擁的少女身影在明亮的日光中安穩熟睡，寂靜沒有敲門，緩緩走進房內將兩人包圍，兩名少女很快地進入睡夢之中。

當希亞醒來時，原先的日光已更衣，成為了暈染臉頰的紅霞，桃紅色的夕陽薄薄覆蓋妖怪島，橘紅色的燈光盞盞亮起，沉寂的煙囪再次吐呼白煙，等待迎接客人上門。

「姊姊。」

察覺到窗外動靜的莉迪亞揉揉眼睛，呼喊希亞。

「妳等等，我馬上回來。」

希亞輕聲一道，莉迪亞乖乖點頭。希亞離開打著哈欠的她，走出房間。

大力伸展因整夜坐著入眠變得僵硬的身軀後，希亞穿越正在甦醒的餐廳階梯，她經過為了準備營業而忙進忙出的妖怪們，一下子就跑到了地下室那座腐朽的木門前，她不想讓女孩等她太久，跑得氣喘吁吁。

幸好一開門就看到雅歌還在熟睡，她直步走向裘德的房間，裘德正往包包裡裝進等待配送的藥品，一見希亞隨即大力彈起。

「喂！妳到底去了哪裡！總會迷路的人突然消失，還整個白天都不回家！雖然能在寬敞的房間睡覺很開心啦……但妳知道我醒來沒看到妳有多擔心嗎？」

裘德似乎真的等得滿心焦急，一見到她就高聲嚷嚷不停，但希亞只是瞪著他不說話，裘德被瞪得莫名其妙，不明白自己的擔心哪裡錯了，希亞這才冰冷地開口。

「你都知道吧？」

「知道什麼？」

「上次你說要把莉迪亞綁起來的時候！你不是說雞蛋時間時雞蛋們會替她鬆綁嗎！但你明明知道沒有人會去救她。」

「妳突然在說些什麼？」

裘德不可置信地雙手插腰，提高音量，希亞沒有退縮，因為她清楚記得那天他們在找能烹煮藥草的地方時，是裘德主動帶她到莉迪亞的房間，當希亞害怕莉迪亞會出現並破壞藥草時，裘德是這麼說的。

「真的不用擔心，因為現在莉迪亞她……」

「因為現在莉迪亞她還被綁著。」裘德當時含糊帶過，沒有將這句話說完，現在他甚至還看著希亞笑了，希亞感到失望透頂，怎麼能知道一名孩子身陷危險還棄之不顧，還能笑得很燦爛。

「裘德，你怎麼可以這樣！」

希亞無法不責怪他，但也不能對他生氣，只是她太過失望了，因為希亞以為裘德會有所不同，住在妖怪島的人對於他人的痛苦、犧牲、死亡視為小事，與人類世界的價值觀大相逕庭，但希亞認為袞德與其他人不同，因為袞德的雙眼總是那般溫暖、明亮，散發希望。

「希亞。」

呼喊她的聲音比起剛才冷靜了許多，她抬起頭，那雙淺褐色的眼眸流露真摯。

「如果放任她，她就不會讓我們走，那時候我們也是不得已啊。」

「我知道，但你竟然知道她已經被綁了一個星期也無動於衷，我真的……」

「妳不也知道，如果我們鬆綁她，她一定又會大吵大鬧。」

「就算這樣……」

「就算這樣」的話在希亞的嘴邊縈繞，希亞明白莉迪亞為何會如此執著於陪伴的原因，再加上袞德是莉迪亞受盡委屈與背叛後第一次產生的悸動，希亞同為女孩，她知道若是袞德能同理莉迪亞並給予關愛，將會成為她極大的幫助與支柱。

「唉，希亞，老實說我也知道自己太過分了，不應該這樣對一個小女孩。」

當希亞苦思該怎麼說服袞德時，出乎意料的，袞德的態度很快就放軟，他的眼角下垂，認錯的袞德以充滿歉意的眼神望向希亞。

「所以妳不要罵我了，我會去跟她道歉的。」

裘德語帶真誠。

「我想了一想，我當時好像太衝動了，面對那樣胡鬧的孩子我也不知道該怎麼辦才好，所以沒有勇氣去解開她。」

裘德難為情地笑了，他抓起希亞的手，說要趕緊去找莉迪亞道歉，希亞望著裘德，他沒有與希亞爭執反而很快認錯並付諸行動，使得那份失望感轉眼消失，她感到安心的同時也感到一份難以言喻的心情，直到當面與莉迪亞道歉時，這份心情仍未消。

「莉迪亞，呃……妳記得我吧？我之前把妳……嗯，把妳綁……起來了。」

裘德第一次感到如此扭捏，他無論在什麼情況下都能大方、坦然地與他人來往，這是他第一次支支吾吾，那雙淺褐色的眼珠不安地左右滾動著。

「我也知道這是不對的，但因為那時候的情況使然……加上妳不告訴我們水晶球的事……」

他根本不知道自己在說些什麼，語無倫次的裘德瞄了一眼希亞，希亞則是用手勢要他好好道歉，裘德哭喪著臉，尷尬地乾咳了幾聲。

在裘德用悲壯的表情打算開口道歉時，莉迪亞咚一聲上前抱緊了他。

「哥哥！」

呼喚裘德的聲音猶如身陷初戀的少女，四肢僵硬的裘德雙手不知該何去何從，生硬地在空中甩動。

「喔、喔，莉迪亞，乖。」

片刻寂靜後，裘德尷尬地輕拍莉迪亞的背，他一臉困惑讓希亞不自覺笑出聲。

天色漸暗，橘紅色的燈火溫暖夜空，料理室冒起冉冉白煙，翡翠色的階梯來往著忙碌的員工們，烹調的聲響、員工的吆喝聲此起彼落，下方的橋墩間，能瞥見大批的顧客絡繹不絕。

黑夜之下，餐廳閃爍的燈光如星星般璀璨，構成一幅美麗圖畫，夏茲靠在陽台的欄杆邊，一隻手扶著下巴，欣賞眼前的壯麗。

「該挑哪種好呢，要給她什麼工作……哪種才是最好的呢？」

選擇太多了，必須慎重才行，思索該給人類什麼工作才好的夏茲，眼球不停轉動。腳下餐廳的員工們各司其職、忙進忙出，卻沒有一件使他滿意的工作。

這份工作必須讓人類無法勝任之外，也不能讓餐廳營運造成過大的傷害，還要保有觀賞的趣味，必須同時滿足這些條件的工作少之又少。

夏茲撐著下巴的手臂完全靠在欄杆上，他一臉乏味地看著下方，面對龐大的選擇，他開始感到厭煩，直到最後也無法落下決定的他，咂了聲舌，將身子自欄杆上抬起，此時傳來敲門聲。

「進來。」

一道細長的灰影出現在門縫間，身上唯一能見的光影就是那對紫色與金色的眼睛，銳利的眼神穿過單片鏡，鮮明的色澤使人不自覺戰慄，夏茲轉過身，將雙手手肘靠在欄杆上，望著路易。

「我替哈頓大人帶話過來。」

夏茲舉起右手，示意路易繼續說。

「哈頓大人的健康狀態迅速惡化中，現在迫切需要奪取人類的心臟，因此哈頓大人派我前來督促您，盡快吩咐人類少女無法完成的任務，好讓大人恢復健康。」

路易彷彿低聲朗誦枯燥乏味的古老經書，夏茲打了一個仰天的哈欠。

「請問您找到上次幫助人類的妖怪了嗎？」

聽到路易的提問，夏茲露出了微笑，在禁錮的會場，當夏茲將箭矢瞄準希亞的好友時，女孩臉上的表情……那副任誰一看就能明瞭是誰提供幫助的誠實表情，至今仍讓夏茲回味無窮。

「托你的福，的確找到了。」

當時是路易聽了夏茲的吩咐後，在公演場設置弓箭，並妥善準備好相關事務。

「您怎麼處置叛亂者？」

結果路易卻得到超乎料想之外的回答。

「我先放過他了。」

剎那間，路易腦中閃過夏茲終於瘋了的可能性，夏茲看著路易的表情變化，覺得趣味盎然。

「我不是隨便放過他的，是為了成就日後更加有趣的事。」

人類因深層的恐懼所落下的淚水與懼怕的眼神，鮮明浮現空中，夏茲感到自信滿滿。

——從現在開始沒有人敢幫她了，她也會害怕接受他人的幫忙。

最後人類將無法承受這份龐大的恐懼，只要找到能讓她內心支撐不住而崩潰的工作就好……但哪個才好呢。

當他再度陷入思索時，陽台底下傳來一陣吵雜聲。

「你這傢伙給我記住！我下次再來時一定不會放過你。」

粗魯又吵鬧的叫囂聲使夏茲蹙眉，往聲音的方向望去，雖餐廳整體的構造太過複雜，難以一眼就找到聲音的源頭，但卻能看到熟悉的身影在其中騷動著。

「真是吵死人了。」

夏茲很是平靜，掏出口袋中的槍。

他把槍口瞄準了鼓譟的聲音來處，在一旁的路易無奈之下開了口。

「請不要開槍，這樣會造成餐廳巨大的營業損失。」

夏茲笑了笑，用手把玩槍枝。

「也對，那可是你再次請回來的客人，死了多可惜。」

他掏出槍只是為了捉弄路易，隨即就把槍收起。但視線仍離不開朝服務員大呼小叫的維茲沃斯。

在演出後維茲沃斯累積了錢財，依照路易的料想，果真再度光臨餐廳，但不知是否因為口袋裡有了幾分錢，他比以往更加蠻橫，對服務員頤指氣使的模樣真叫人看不下去。

「那名服務員從今天會被解僱嗎？」

夏茲調皮猜測著，路易只能點點頭。

「真是冷血。」

夏茲厚臉皮地諷刺幾聲，咂了嘴，路易輕嘆一口氣。

「那名服務員是當時維茲沃斯因賭博輸了錢，在餐廳失態時阻止他的人，看來維茲沃斯對他記恨在心，為了鞏固高級ＶＩＰ對餐廳的信譽，不得不開除那名員工了。」

要重新訓練員工為相當繁複之事，路易已經能夠預料，負責營運的莫里波夫人得知後將會多麼歇斯底里，心想至此他別過了頭。

路易傳遞完哈頓的話，正打算離開房間，卻被一聲輕喚轉過身，夏茲轉向看著他，嘴角勾上一抹微笑，看來夏茲找到能賦予人類的工作了。

那是個滿足與失望共存之夜，天空像水彩染色般，轉眼就變換了色澤，曾被五彩繽紛的燈光豐富填滿的黑夜，逐漸曦白轉淡，橘紅色的燈火一盞盞熄滅，空氣中的喧鬧聲也漸漸平息，迎接清晨後，客人們紛紛離去，餐廳再次恢復平靜，不過有個地方早已恢復平靜，度過了和平愜意的一天。

「已經要黎明了呢。」

希亞伸了個懶腰，裘德與莉迪亞看著被寂靜包圍的餐廳，希亞今天一整天都與莉迪亞在一起，而裘德則趁跑腿騰出的空檔來找她們，莉迪亞久違地度過了開心無比的一天。

盯著窗外的裘德，轉頭望向希亞，兩個人四目相交，裘德真摯的眼神涵蓋許多意思，希亞清楚明瞭其意涵。

她不發一語點頭，片刻後開口說：

「……莉迪亞，我跟裘德該離開了。」

莉迪亞微紅的眼眸充滿不捨。

「不能再待一下嗎？」

「抱歉，因為我們還要去圖書館。」

「圖書館？那裡不是高階員工才能進出的地方？你們要怎麼進去？」

莉迪亞圓亮的雙眼望著希亞，讓她有些不知所措，她說不出口若是能成功讓莉迪亞安靜一整天，就能換取圖書館的出入證，她怕莉迪亞會覺得自己欺騙了她，希亞心情沉重，蒙上一層罪惡感，她並不是為了圖書館一事才對莉迪亞好，而是在看了日記後真心對這個孩子感到愧歉，想要陪伴她，才會自願留在這裡，刻意多花時間待在莉迪亞的身邊。

希亞躊躇該怎麼回答時，裘德代替她率先回答。

「我們是為了找哈頓大人的解藥，莫里波夫人才特別讓我們進去。」

莉迪亞點點頭。

「是喔！原來是去找解藥的資料，真希望我也能幫上忙……」

莉迪亞看起來很想參與，但希亞說不出任何一句話。

「等你們去那裡找到資料後，會再來找我玩，對吧？」

「當然了！我明天還會來喔。」

爽朗的回答是唯一能答應莉迪亞的事，看著莉迪亞開心的模樣，希亞與裘德站起身。

他們向莉迪亞道別後，走往莫里波夫人的管理室拿出入證，他們走下綿延不絕的階梯，穿越一道道錯落於潔白壁紙間的直角型房門，當他們站在管理室的門前，有一位意想不到的人從裡面開了門，迎面而來。

「路易？」

白色直角的房門應聲闔上，西裝散發灰色光芒的紳士也抬頭一望，意外的相遇讓希亞不自覺緊繃起神經。

「你怎麼會在這裡……」

「真是太巧了，我剛好與莫里波夫人討論完妳的事。」

或許是因為不用再挪出時間找希亞，路易的語氣格外開朗。然而希亞卻無法好好面對眼前態度輕鬆的路易，因為路易會找她，肯定是為了那件事……

「夏茲決定好要指派給妳的工作了。」

瞬間，整個大氣和空間都被捲入話語中，像是一記重拳打在希雅臉上一樣，隨著一定的節奏，狠狠壓迫著她的呼吸。猛烈的心跳聲在希亞的心臟中迴盪。

「……裘德，你先進去管理室。」

意識逐漸模糊的希亞先支開了裘德，自從上次在會場被夏茲威脅後，希亞就下定決心不再讓裘德身陷危險，雖然裘德的眼神表明出想繼續待在這裡的意願，但他也察覺到空氣中不尋常的氣氛，輕拍了希亞的肩膀，走進管理室。

「這次是什麼工作？」

確認門關上後，希亞才壓低聲音開口，她雖強裝鎮定，但抑制不住內心的不安，無法平靜的心跳極力掙扎，她有著極度不好的預感。

「服務員。」

「……服務員。」

她知道自己永遠擺脫不了這份不安。

為了再三確認，希亞重複了路易的話，只見路易點點頭，意外聽到相當熟悉的職稱，希亞不知道該開心還是忐忑。乍聽比在飼養室逃離想吃掉自己的牲畜與滿坑的雞蛋們還要簡單，但她明白夏茲不可能指派簡單的工作給自己。

「現在嗎？」

「不是的，我們也不希望將未經受訓的服務員送至外場，若在服侍的過程中發生問題，對我們將是不小的損失。」

路易用極其公事公辦的語氣和表情說話。

「我們決定讓妳在短時間內受訓，學習在餐廳工作應熟知的基本知識，之後才會派妳到現場服務，我剛才即是為了商討此事才前來拜訪莫里波夫人。」

受訓後再工作，加上若是失敗馬上要被奪去心臟的合約，一想到餐廳體制嚴謹的運作方式與其緊密不分的利害關係，希亞就已經快要喘不過氣。

「受訓從明天開始，請於明天下午五點抵達餐廳，經理會在裡面等妳，受訓時間大約三天左右，請銘記在心，當妳成為服務員後一旦失敗，隨即會依約奪去妳的心臟。」

路易用毫無高低起伏的聲音，泰然講出內容殘忍的句子。

「我有一個問題，成為服務員前的受訓期間如果犯錯，不會認定為失敗吧？」

為了保護好至今仍在體內安穩跳動的心臟，希亞需要仔細審視每個環節，言下之意則是必須清楚確認死亡的底線在何處。

「受訓時的失誤和失敗與合約無關，成功與否將在正式任職之後開始界定。」

聽到明確的規範後希亞點頭，她想起當時夏茲藏起飼養室的電梯，還設下幾乎不可能完成的十分鐘時間限制，不知道這次夏茲又會埋藏什麼陷阱或危機，巨大的不安與恐懼侵蝕著希亞。

「若是沒有其他問題，我先告辭了。」

路易示意後轉身離開，不久後管理室的門也被打開。

「希亞！」

從管理室出來的裘德闔上門，看著希亞大叫。

「我拿到出入圖書館的許可證了！妳跟我各一張！莫里波夫人說多虧了我們，昨天她享受了一整天難得的清靜，還難得換上笑臉稱讚我們。」

這下終於能進出只有最高階層職員能使用的空間，興奮的裘德將出入證遞給希亞，淺黃色的羊皮紙製成的出入證上寫有希亞的名字，出入許可期限為今日一天的時間。

「不過路易跟妳說了什麼？妳的臉色怎麼這麼差？」

面對裘德突如其來的問題，原本呆望著羊皮紙的希亞，顯得有些慌張。

「啊，沒什麼……」

「別想對我說謊，是不是夏茲又派了新的工作給妳？」

他一語道破的聲音比任何時候都要來得嚴肅。

希亞勉為其難地搖頭，她已經決定不再讓裘德身陷危險，那天瞄準裘德和西洛的箭矢在腦海浮現。

「他們只有死路一條。」

夏茲一派輕鬆的聲音於耳邊響起。

「不是啦，裘德。」

希亞不能讓朋友的性命再次受到威脅。

「不過……我這陣子晚上有事，我去忙的時候，可以麻煩你照顧莉迪亞嗎？」

「為了每天都能去圖書館，我是可以幫忙照顧她……但是妳……真的沒有瞞著我什麼事吧？」

「沒有啦，真的沒事。」

她不能再依賴裘德了。即便裘德不相信希亞，但他也知道希亞不會再透漏隻字片語，因此不再追問，只是賭氣地嘟著嘴，雙眼瞪著地板往前走，就連希亞主動搭話也只是簡短回應，用全身的肢體語言表現出不開心，但鬧彆扭的情緒隨著階梯持續往上，也漸漸消散而去。

不知不覺中，兩人抵達了專為哈頓與高階員工特別建立的宮殿前，希亞與裘德張大嘴巴，感嘆眼前美麗的建築物，整座宮殿的高度如同一座三十層樓的公寓，不僅高聳入雲，就連外觀似乎也不浪費一毫米面積，裝飾得相當豪華氣派。

宮殿前的一名士兵走向失神的兩人面前，確認身分與目的。他們出示圖書館的出入證，順利進入宮殿，由於是嚴格管制進出的區域，這是自從希亞強制被路易帶來會見哈頓後，第一次踏進這座宮殿，當時因為太過害怕，毫無心思欣賞宮殿，這次能有機會再度走進這裡，讓她滿是驚奇。

高掛水晶燈的天花板望不見盡頭，牆上鑲滿玫瑰粉、雪白、墨黑、金黃色等等的璀璨寶石，如生動的水彩般調和出和諧的畫面，猶如一片寶石花海。在那之中掛著妖怪們的肖像畫，其中則屬哈頓的肖像畫最為搶眼。

希亞與裘德在守衛戒備森嚴的帶領下，走上了數百階的樓梯與三、四座通廊，在宮殿裡走了好長一段時間，每到不一樣的地方就能欣賞壁上不同的美景，雖然在抵達圖書館後讓人意猶未盡，但希亞沒有遺忘自己的目的。

「烹煮藥草時會散發水蒸氣，根據不同的藥草，水蒸氣的顏色也會有所不一。」

希亞回想著園藝師贈送藥草時的叮嚀，以及先前藥草所發出的五顏六色水蒸氣。

「這個步驟開始會有些困難，水蒸氣的出現代表藥草開始發揮功效，因此妳要找出與人類心臟擁有共通點的藥草。」

她將園藝師的話語謹記於腦海深處，希亞來到圖書館唯一要做的只有一件事，書籍永遠是解決求知欲的最好工具，她必須要找到與自己心臟相同成分的藥草，只要找出答案，所有事情皆迎刃而解，若是找不到答案，那一切也形同失去希望。

希亞在心中燃起悲壯的覺悟，站在圖書館的大門前，被發黃的蜘蛛絲纏繞的大門像是古書的某一頁，當希亞翻開這一頁後，將會進入另一則故事之中。

圖書館散發著神聖又莊嚴的氣息，洋溢著藝術與浪漫的情懷，穹頂天花板上方似乎繪著名師的巨作，描繪天使與天神們的畫作遼闊展開，壯觀的景致讓人誤以為名畫們在頭頂上恣意飄浮。

數量壯觀的藏書架刻印精緻的圖案，流露出歲月積累的痕跡，館內的藏書們在神聖的環境之下，襯托出知識的珍貴，每座藏書架高聳得彷彿需要攀天才能取書。

藝術、哲學、宗教、文學、科學、歷史……這座空間藏了世界上極其深奧又神秘的理論，希亞與裘德不敢吭聲，只能在心裡發出讚嘆，他們不想因為妨礙正在閱覽書籍的妖怪們而被趕出去。

「記載藥草或是生物學的書會在哪裡？」

希亞低聲問裘德，頓時被這麼多書籍圍繞，讓人不知道該從何開始。

「是因為圖書館太大嗎？這裡竟然有路標。」

希亞朝裘德所指的方向望去，一根綠色的刺上標明了豐富的書籍分類，找到生物區的兩人，二話不說朝著那個方向走去。

雖然生物區的藏書繁多，所幸藥草類的書籍不如一個大分類的多，只是面對眼前一整排的書，希亞頓時覺得希望渺茫，她有這麼多書要讀，還需要時間仔細比較手上藥草的成分，她的時間有限，一分一秒都在流逝，她甚至還得面對這些草藥裡並沒有解藥的可能性。

當不安感再度湧上心頭時，希亞的肩膀傳來一陣溫熱，她抬頭一望，那雙淺褐色的眼珠也望向她，那雙眼神向她傳遞著深厚的信任與鼓勵，希亞撫平了焦躁的心，冷靜看待眼前的難題。

「我們一起努力就沒問題了。」

裘德無聲的嘴型使希亞露出微笑，她感到歉意的同時也滿懷感激，這條路上的每一步皆有裘德在一旁，並毫不吝嗇地對她伸出援手。

「先盡量借走可以讀完的量吧。」

根據規定，借書的數量並無限制，只有規定要在一個禮拜內歸還，希亞和裘德各自拿了些書，爾後回到莉迪亞的舊房，他們來回對照藥草與書上的內容。

希亞與裘德仔細研究藥草冒出的水蒸氣顏色和書中的描寫，仔細確認是否有與人類心臟相同的藥草。

房間內不斷漫溢著五顏六色的水蒸氣。

希亞雖不知道究竟何時才能將所有的藥草研究完畢，但眼前無盡的可能性卻使人心安，他們互不交談地專心研究，持續至黎明降臨，當太陽高掛於空時，兩個人交互打瞌睡。

竄上心頭的不安促使希亞睜開眼睛，太陽尚未西沉，她看了一下時鐘，現在是下午四點三十分左右，她起身安靜地離開仍在睡夢中的裘德。

「明天下午五點請抵達餐廳，經理會在裡面等妳。」

回想著路易的囑咐，希亞在紙條上寫著麻煩裘德在她回來前照顧莉迪亞的字樣，然後安靜走出房間。太陽還要許久才會下山，妖怪島還是一片寂靜，夜晚的噪音全都隱匿了蹤跡，一座座料理室也如時間暫停般靜默。

在整個世界猶如按下暫停鍵時，希亞獨自穿梭在蜿蜒的翡翠色階梯，通往餐廳的路上，希亞不見任何的人煙，也未聽見任何聲響，像是獨自被遺留在這座偌大又華麗的世界，希亞感到心情有些複雜，每當她走下一段階梯，孤獨就如落葉般愈積愈多。

片刻後，希亞到達餐廳，她調整呼吸，將恐懼埋至心底，鼓起勇氣推開那道豪華的大門。首先映入眼簾的是鋪有潔白桌布的圓桌，再來是由蠟燭、水晶燈、畫作等精緻的裝飾物點綴的牆面，鋪設紅色地毯的階梯延伸至二樓。

頭上是交錯的純白蜘蛛絲，如窗簾般覆蓋住天花板，未開燈的餐廳裡，一切事物顯得昏暗朦朧，餐廳內部雖然華麗寬敞，卻帶著無比的空虛，在這裡無論時間、空間甚至空氣，似乎皆在數百年前就戛然而止了。

希亞一動也不動，在這靜止的空間裡感到無盡的恐懼，她覺得有人正在暗處窺探著自己，企圖驚嚇她，慌張的希亞甚至忘記了自己前來的目的，一心只想趕快逃離這裡，她不由自主向後退，然而在她想伸手時，卻握不住門把，她被困在看不見的陷阱裡，只能在虛空中掙扎。

很快，她瞥見眼前的銀色蜘蛛絲，蜘蛛絲緊緊纏繞她的手，使她動彈不得，希亞極力掙扎想扯斷蜘蛛絲，但蜘蛛絲堅韌無比，深切的恐懼讓希亞使出全力想將手拉回身子。

「這次捉到了什麼獵物呢……」

慵懶的哼唱聲縈繞耳邊，當希亞一聽到歌聲，瞬間整個人僵直不動，沒有詞的小調在寬廣的空間裡迴盪，既神秘又陰森，美妙的聲音劃破寂靜的空氣靠近希亞。

——究竟是誰？

希亞覺得頭暈目眩，無論怎麼努力都看不清周遭的漆黑，被蜘蛛絲控制的手心滲出汗水，她只知道那道聲音離自己愈來愈近。

希亞努力欲掙脫蜘蛛繩，但毫無幫助，愈是掙脫，蜘蛛網的那端就拉得更緊，此時希亞的耳邊傳來嘻笑聲，那尖銳的笑聲讓她全身起了雞皮疙瘩，那個人就在自己的耳邊，甚至能感受到她口中呼出的氣，希亞沒有勇氣轉頭，不過也沒有那個必要了。

「原來是妳……」

蜘蛛女人自蜘蛛網間跳著芭蕾舞步來到希亞的面前。

「不是獵物呢。」

血紅的嘴唇勾上如同芭蕾舞優美的線條，緊盯希亞的眼神宛如這片蜘蛛網般，震懾、縝密、滴水不漏。

「妳想逃去哪裡？我可是妳的上司。」

# 27

# 遇見蜘蛛女人

「對、對不起。」

那股嚴密的束縛自指尖傳來，使希亞不自覺先開口道歉。

蜘蛛女人的鮮紅嘴角又往上揚了幾分，希亞已悄然自蜘蛛網中解開綑綁，但她卻渾然不覺，因為黏膩緊實、毫無縫隙的逼人氣息使她動彈不得。

女人帶著微笑嘆了口氣，妖媚的弧線間呼出輕柔的一嘆，貼上希亞的臉頰。

「這麼緊張啊……」

呢喃的嗓音如大理石般光滑。當希亞回過神來，發現自己已經被蜘蛛女人擁進懷中，蜘蛛女人以淺笑回望四肢僵硬的希亞。

「記得呼吸。」

聽見女人如此一說，希亞才意識到自己正憋著氣，呼吸的方法是什麼，她愚笨地問了自己，這才艱難地吸了口氣。此時她感覺到蜘蛛女人的手臂用力摟住自己。

「我們現在要往上了。」

蜘蛛女人的嘴唇在眼前晃動，希亞在纖長的手臂裡如全身麻痺般無法移動身軀，片刻後，世界上最溫柔的舞動拉開序幕。蜘蛛女人抱著希亞，以優雅的身段攀上蜘蛛網，她瘦長的手腳如指揮空氣般自在地來回揮動，使兩人往上而去。

希亞覺得眼前的場景如夢般虛幻，是因為風中夾雜著片片花瓣嗎？透著微光的餐廳如湖水般在眼前流經，揮動的腳肢是輕巧的指揮棒，捲起絲滑的空氣，漾起舞動的波瀾，在這片湖泊內還能聽見悠揚的音樂盒聲響。

希亞恍惚地眨眨眼，她望見一大片雪白的窗簾，在餐廳的天花板之下，竟有著一整片精緻牢固的蜘蛛大網，希亞往下一探，她的腳下隱約能看見餐廳的模樣，忽然來到意想不到的高度，一陣暈眩感襲來，希亞趕緊別過頭。

「為什麼要來這裡……？」

希亞無法理解自己為何在這裡，即便她躊躇之下問了蜘蛛女人，但她的聲音卻好似大夢初醒，無法正常發出，她轉頭張望這片在天花板之下的廣闊空間，昏暗的燈光下，促使這座隱晦的空間更加神秘誘人。她的視線沿著蜘蛛網望去，馬上被不明物體吸引，縝密的蜘蛛網間有凹凸不平的物體豎立其中，希亞朝女人問道：

「那些是……」

希亞難以將話說完，她瞥見被蜘蛛網緊緊纏住的物體，有著輕微的晃動。

——該不會……

當希亞的眼神落到女人身上，蜘蛛女人露出陰冷的笑容。

「那是我的獵物。」

希亞恍惚的意識被恐懼感大力震醒，仔細端詳四周散落的繭囊，能看見裡面有不明生物體拚命掙扎，還有一些像死了般動也不動，女人在繭囊間恣意舞蹈，面對眼前詭譎的景象，希亞啞口無言，呆愣在地。

「被美酒與佳餚迷醉的客人們。」

纖細修長的女人，赤腳跳躍於蜘蛛網間，如蝴蝶般翩翩飛舞。

「單犯一次錯誤就此無法挽回的服務員。」

女人在擁擠的監獄間手舞足蹈，來回於掙扎的罪人們，一一唱名他們的罪過。

「我捉住他們，細細吐絲纏繞於全身，讓他們血液無法流通，禁錮其中。」

她模仿蝴蝶起舞的姿態哼唱，但她終究僅擁有蜘蛛的軀體，無論如何也無法比擬蝴蝶優雅的身段。

「將他們交給料理師的話，能烹煮出美味的珍饈，因此我要不停捕獵才行。」

女人輕聲細語，她持續曼妙的舞姿。

希亞說不出一個字，她被恐懼震懾在地，只能呆望著女人的舞姿。雖然她不敢輕舉妄動，但女人魅惑人心的芭蕾舞跟之前希亞在表演上看到的一樣出色。

那天女人也跳著芭蕾編織蜘蛛網，而在她消失後是一位有著紅鶴翅膀的女人，抽出蜘蛛網的細絲將舞台上的小丑如釣魚般釣起，構成一段奇異又特別的表演。

「不是由別人負責用蜘蛛絲捕獵嗎？」

希亞站在芭蕾舞者的身後開口問道，不知是否因為她太專注於跳舞，希亞沒有得到任何回音，她望著女人的背影，就連她臉上的表情、語氣，什麼也感受不到。

當希亞想要再次詢問時，女人突然往後一轉，窗外透進來的微光映在女人的臉上，昏暗的光線下顯得格外陰森可怕，女人開心到眼睛都笑成彎月的形狀，希亞不自覺地朝女人視線的彼方望去，希亞看到一對橘紅色的紅鶴翅膀，它因為蜘蛛網的纏繞僅存幾根羽毛，光禿得可憐，被緊密綑綁的紅鶴女人雙眼失神，直望著希亞，希亞不知道女人是否還在呼吸，那僵直的視線，沒有眨眼，也沒有晃動。

希亞無奈望向蜘蛛女人，她優雅起舞的模樣讓希亞困惑，種種疑問不斷生成，自己為什麼會在這？為什麼要直視死亡的結局與交易生命的過程，她不停打顫。

「所以如果我犯了錯，就會被抓來這裡。」

這份戰慄的假設脫口而出，可惜的是女人沒有否認。

「沒錯，妳一旦犯錯，就等著成為我的獵物。」

女人笑得很和藹。

「不過我當然不會殺死妳，至少要維持那顆心臟仍保持活跳的狀態才行，這是上層們為了取走心臟的指令。」

低聲呢喃的字句震盪了希亞的脈動，隨著心臟強烈的起伏，全身也隨之顫動。

到頭來，擔任服務員是一場經過精心設局，每一步棋皆是促使希亞任務失敗的計畫，場上每個人緊盯著她，等候她的一不留神，滿心歡愉巴望著那一刻的到來。

女人踏著輕柔步伐，走近臉色凝重的希亞面前，纖長的手指勾勒出曲線，搔過希亞的臉頰，女人的眼神難以言喻，她以朦朧的神情平視希亞。

「怎麼這麼快就害怕了……」

溫柔的視線與手勢讓希亞稍微放下戒心，蜘蛛女人看著這樣的她，發出譏笑。

「既然沒有自信，當初就不應該簽下契約，乖乖受死就好。」

耳邊縈繞的細語讓希亞清醒，她靠上前去，直視女人的雙眼，那雙眼望不見任何自責或動搖，希亞因此感到更加憤怒。

「妳怎麼能這樣說……不要覺得事不關己就能隨便看待別人的生命。妳奪走的數十條生命都散落在這片蜘蛛網上，妳竟然還有臉在這裡跳舞。」

女人斜眼瞥向腳邊的獵物，紅鶴女人看起來仍是那般淒涼。

「那個女士前幾天還和妳一起上台表演。」

在希亞的指責下，女人嗤鼻，絲毫不以為意，繼續舉起手，抬起輕盈的身子在空中迴旋劃圈，希亞面對女人毫無悔意的態度更加氣憤。

就在希亞想接續說話前，女人率先開口說道：

「是嗎？隨便看待性命的人應該不是我吧。」

女人細滑又緩慢的嘲弄嗓音穿越空氣，隨後傳來諷刺的冷笑聲。

「這女的配不上安詳的死亡。」

看著女人的嘲諷，希亞的心中冒出問號，女人讀出希亞的表情，裂出冷笑。

「怎麼？妳好奇我為什麼這麼說嗎？」

女人銳利的視線如蜘蛛網般捕捉住希亞的心思，她被那道迷幻的眼神吸引，脖頸猶如被線繩操控點了點頭，女人鮮紅的雙唇劃上一道弧形。

「好吧，這也算有教育意義……當作受訓過程的一環好了。」

那鮮紅的唇齒彷彿控制著希亞頸椎，讓希亞不自覺點頭應聲。

蜘蛛女人繞著長有紅鶴翅膀的女人周邊旋轉，纖細的手腳揚起空氣中的灰塵，空氣中的粒粒灰塵隨其高雅的擺動起舞，搖動了整個空間，紅鶴細長的翅膀被纖長的腳肢狠狠踩過，幾根深粉色的羽毛被風捲起於空。

「當我擁有蜘蛛的四肢前。」

她的聲音隨風飄散，但風之舞卻不見停歇。

「我是這個世界上最頂尖的芭蕾舞者，我並不是仗著天資聰穎，而是我日以繼夜練習到雙腳無力為止。」

女人的指尖撫過空氣，腳尖支配於蜘蛛網上。

「我將自己折磨得只能勉強維持生命，雖然我擁有世上最醜陋的足部，不過取而代之的，是我得以用世界上最美麗的姿態於空中飛舞。」

她優雅又輕柔的身段的確是完美的化身。

「我只要跳起舞，所有人皆臣服於我，沒有人能不被我的舞姿迷倒。」

世界的一草一木渴望著女人的舉手投足，迷戀她的仰頭與俯首，她的舞即是催眠幻術。

「可是……我的腳掌斷裂了。」

從空中傳來的聲音格外悽慘。

「在那之後我能仰賴的只有這雙不堪入目的掌肢，然而它太過單薄，無法穿上芭蕾舞鞋。」

細柔的聲音遊走在密密麻麻的蜘蛛絲間，最後鑽進耳裡。

「我的腳掌與身體不成比例，所以經常失去重心，無法跳舞，最後我也捨棄了剩下的雙腿與手臂，成了現在這副蜘蛛四肢的模樣。」

女人似水般柔軟的舞姿停了下來。

「當妳拚死想游出湖面，卻在成功前一刻沉入湖底的心情，妳懂嗎？」

停下身的女人轉過頭，昏暗燈光下的那張臉閃爍著微微的光芒，紅唇勾起詭異弧度，咬牙吐出辱罵。

「糟透了。」

瘦骨嶙峋的身軀散發出瘋狂與邪佞之氣，順著蜘蛛絲向四方散發。

「要是匯集我每天流下的眼淚，大概可以溺死我們，但更可悲的是即使這樣我仍無法放棄，儘管我憎恨自我體內吐出的蜘蛛網，為了愛上它，為了造就美，我還是不斷地努力……」

那雙無法穿進芭蕾舞鞋的腳肢踩踏於蜘蛛網。

「當我憤怒難耐、厭惡自己，將蜘蛛絲大力切斷，用成一團亂時，我仍咬牙說服自己，要接受這片蜘蛛網，要全心全意愛它，必須創造出美麗之物才行，我一遍又一遍地洗腦催眠自己。」

在蜘蛛網上徘徊的腳肢顯得小心翼翼，像是深深疼愛、垂憐這片網般。

「我看著鏡子調整姿勢時也是另一項折磨，我花上好幾年的時間，才接受鏡中那醜陋淒慘的模樣。」

纖長的手腳於空中優雅揮舞，動作和諧流暢。

「但到頭來，我還是得承認，那個完美無缺的我已經徹底消失，即便面對這個事實是無比的煎熬，但在全然接受後我才能得到平靜，我學會了編織蜘蛛網的方法，能直視鏡中的自己，並能保持平常心練習。」

參雜笑聲的聲音攪動空氣，傳自希亞的耳朵。

「我現在的實力比不上以前的四分之一，那是無論多努力都無法超越的『界線』，在我感受那面牆所帶來的侷限時，是多麼挫折的一件事，無論我每天練習數千、數萬次，還是無法體現以前的美感或是動作，無論我砸破多少面鏡子，仍無法找回以前的自己。」

女人只能透過回憶往事，獨自沉浸在接受萬人鼓掌的榮光時刻。

「雖然仍有許多觀眾會來欣賞我的芭蕾舞，但當我深切感受到『界線』時，我不再站上舞台，不完美的模樣使我覺得羞愧不堪，在我失去方向時，最後選擇來到這裡工作。」

如愛撫的手勢般輕輕掃過蜘蛛網的腳，開始踐踏起紅鶴翅膀。

「然後這個女人出現了。」

希亞極力避開緊密蜘蛛網下的那雙僵直雙眼。

「這個女人也喜歡跳舞，還很崇拜我，所以不斷勸我回到舞台上。」
蜘蛛女人彎下腰，用溫柔的眼神望著那雙失去生氣的眼珠。
「雖然她每次勸我的時候，我都會強烈拒絕，但隨著我們聊著芭蕾舞的時間愈來愈長，相互交流彼此的價值觀後，我逐漸打開心房，得以鼓起勇氣，我聽了她的話，加入路易的表演團再次站上舞台跳舞。」
纖細的手指挖開繭囊，撫摸的紅鶴女人的眼角。
「那次的表演得到前所未有的迴響，我因此繼續待在路易的表演團，她不斷讚賞我的演出，渴望向我學舞，那時候因為她的鼓勵我找回久違的自信與自尊心，所以我毫不猶豫地成為了她的導師。」
殺死徒弟的導師，輕撫著徒弟的臉頰。
「可是妳知道嗎？」
這道低沉的嗓音究竟是朝著希亞而來，還是朝著死亡的徒弟而去？
「其實我也很羨慕這個女人，她擁有一雙美麗的翅膀與雙腿，那是無論我怎麼努力也無法擁有的事物，我身為導師教導她運用這雙美麗翅膀與雙腿跳舞時，能從中感到滿足，成為我生命中一股嶄新的動力。」
女人高雅地轉過身。

「但奇怪的是，這個女人竟然想擁有我這副醜陋的蜘蛛身軀，她想像我一樣吐絲並在網上跳舞，我無法理解她的想法，但還是教導她該怎麼處理蜘蛛絲，然後她在路易的表演團裡用我精心織成的蜘蛛網帶來表演。」

女人鮮紅的嘴唇在昏暗的光影下輕嘆一口氣。

「如果只有那樣，一切都還沒問題……但她對於蜘蛛網與蜘蛛軀體的占有欲愈來愈強烈，她最後把自己的雙腿砍了，不過才幾天前的事情。」

忽地，彎月似的眼角如鐮刀般閃爍著殺氣。

「當我走進練習室，看到她用蜘蛛腿肢蹲坐在地，對我露出燦爛的笑容，那一瞬間我全身起滿了雞皮疙瘩，她擁有和我相同的模樣，那副我最厭惡的模樣……」

帶有兇惡之氣的眼神更加銳利。

「真是得意忘形，有人到死都得不到的雙腿，她竟然輕易就丟棄了，最可恨的是她還笑得很開心，對芭蕾貢獻一生的我，當失去雙腿時所感受到的悲痛，以及為了接受這份無法被改變的事實所經歷的折磨，這些難以言喻的重擔，卻因為這個女人的輕率，在一瞬間失去了意義。」

那雙充滿怨懟與憎恨的眼眸意外地很平靜。

「我只好殺死這個愚蠢無知的女人，我在她入睡時用她最喜歡的蜘蛛絲，一圈圈將她緊緊綑綁。」

儘管女人親口說出自己的殺人罪行，她卻用神職人員高尚聖潔的語氣訴說。

「她一定很幸福，能深陷最愛的蜘蛛網，並與其共同迎向死亡。」

女人斜睨少女。

「妳叫我別因為事不關己，就擅自藐視他人的死亡？」

譏笑聲悲痛地撥動空氣。

「別說笑了。」

冰冷的瞳孔盯著希亞看。

「當我的雙腿被砍去時，我早就死了，即便我現在吐著絲，用蜘蛛身軀跳舞，我也正經歷著死亡。」

尖銳的聲音反覆強調著，被截肢的芭蕾舞者的一生還能擁有什麼期待呢？

「所以妳是很幸福的人，妳來這裡好幾天了，還是四肢健全，甚至沒有喪失希望，不過看看現在的妳，即使這樣還是愁眉苦臉，也對，擁有的愈多，對於幸福與感激就愈遲鈍。」

鮮紅的嘴，勾起魅惑的弧線。

「必須要失去才懂得感謝，那是一無所有的人擁有的唯一優點，因此妳仔細聽好，我現在要開始教妳，何謂感謝……」

女人低聲說。

「那我們準備開始吧？服務員們快湧出來了。」

女人將服務員們比喻成動物。

希亞愣在原地，或許是因為剛才的故事留下的餘韻，也或許是因為這片緊密的蜘蛛網，不知原因為何，她的身體無法自由移動。剎那間，如雷鳴般的巨大聲響從下方傳來，吵雜的聲音使希亞僵直的身子震動了一下，女人嘆了氣。

「經理好像來了。」

希亞一臉困惑地看著她，女人咂了舌。

「妳該不會以為我是餐廳經理吧？別誤會了，我可是餐廳的總經理，負責現場工作的經理不是我，他才是負責指揮服務員，督導服務過程的人，我是高階經理，負責管轄整座餐廳的事務。」

一聽到上司有兩個人的希亞感到一陣茫然，女人朝她一笑，同時張開雙手。

「杵著幹嘛，快點抱上我。」

女人命令希亞。

「我們要下去了，要將妳介紹給經理。」

# 28

# 餐廳出航記

腳下傳來雷鳴般的吵雜交談聲與腳步聲，蜘蛛女人伸展雙臂，督促她過來，畢竟無法永遠待在天花板之上，即便希亞不甚情願，還是湊上前。

希亞擁著散發香氣的身軀，她的視野在空中舞動，不知道過了多久，希亞察覺到動作停止，往下一看發現自己站在真正的地板上，而非由蜘蛛網組成的地面，那是片閃閃發光，如下沉月亮般的大理石地板，她頓時感覺到蜘蛛女人細長的手指在脖子間遊走。

「這是新來的孩子，好好教育她。」

蜘蛛女人並非朝著希亞說話，希亞緩緩抬起頭，眼前出現了一位男人，他穿著長至小腿肚的老舊長靴及寬鬆黑褲，腰間插著幾把刀槍，上身能見皮革背心，底下有著鬆垮至胸口的白色襯衫，古銅色的下巴掛有一把鬍子，長髮及肩，頂上更有一頂黑色三角帽，那個只在漫畫裡出現的海盜，如今實際出現在眼前。

被眼前景象嚇到的希亞後退踉蹌了幾步，女人卻用胳膊搭在她的肩上，讓她逃不了，希亞後方有蜘蛛女人，前方則是海盜，被兩人緊緊包圍。

女人發出低沉的笑聲，在希亞耳邊呢喃道：

「別害怕，這位是能協助妳做好這份工作的優秀經理，對吧，傑克？」

女人一說完話，海盜露出牙齒笑了，夾雜著幾顆金牙的笑容，讓人難以忽視，三角帽下那雙奸詐的雙眼從剛才就直盯著希亞。

「真是什麼三教九流的人都進來了。」

男人發出的中低音彷彿吃了藥，有點飄忽不定，他看起來有些恍惚，雙手在空中胡亂抓著空氣，試圖威脅希亞。他的右手，嚴格說起來是該有右手的地方有著尖銳的剪刀，在空中揮舞著；另一邊應為左手之處的鉗子也開開合合，剪亂空氣。

看著刀影閃爍，刺中了朦朧的記憶，希亞想起路易曾對她說過那名浪漫的鋼琴手海盜。

「原來你就是赤手傑克，我看過你的鋼琴演奏。」

希亞信誓旦旦開口，她沒料想到當晚印象深刻的樂手能出現在自己的面前，使她精神為之一振。

「是嗎？我沒有上台演出的印象耶。」

海盜似乎真的不記得當天的事，他漫不經心掏耳朵的模樣，看來不像在說謊，希亞露出慌張的神色，海盜見狀又再次亮出金牙嘻嘻笑起。

「難說喔，說不定我真的上台表演了，如果妳確定有看到我，那應該是我喝太多蘭姆酒的那天，我只要喝醉就會忘記自己做了什麼。」

海盜說著說著，摸起了古銅色下巴的長鬍鬚，頓時陷入沉思，用低沉的嗓音喃喃自語。

「不過有時我記得的事情，也像是喝醉後做的夢，說不定就連現在也是一場夢！因為我總是喝著蘭姆酒。等等，那麼該怎麼區分夢境與現實呢？」

傑克陷入不像話的苦惱，看上去真的很懊惱，當無奈的希亞正想告訴海盜可以捏自己臉頰時，身後更加嚴厲的聲音響起。

「你在上司面前還真是誠實啊，上班時間禁止飲酒，傑克你再被我逮到一次就解僱。」

即便傑克嚷嚷兩人曾一起喝過酒，求女人別如此嚴格，但蜘蛛女人毫不在乎。

「你知道夏茲傳達的工作內容了吧？哈頓大人的情況很危急，你好好工作。」

女人將希亞推到海盜面前，吩咐完嚴厲的叮嚀後，頭也不回地攀上蜘蛛絲而去，希亞看著女人的身影消失在頂上的蜘蛛網後回過頭，只見海盜的手上，提著不知從哪裡變出的蘭姆酒，大口往嘴裡送。

「上班不是不能喝酒嗎？」

訝異的希亞大叫出聲，可是海盜灌起蘭姆酒，整個瓶身都遮住了臉，咕嚕咕嚕，酒液直接灌入喉間的聲音充斥在兩人間。

希亞在原地等待片刻後，海盜才願意拿下酒瓶，嘻皮笑臉地說：

「海盜不會遵守規矩，她比誰都清楚才會這麼說的。」

但是希亞無法理解。

「以前你還是名海盜就算了，但你現在不是這裡的服務經理嗎？服務員怎麼能像個海盜一樣隨心所欲呢？」

海盜用剪刀與鉗子手在空中揮舞，否定希亞的說詞。他用那道宛如少了顆螺絲的中低音，慵懶地訓起話。

「看來妳根本不了解海盜啊，只要有能夠承擔跨越大海的勇氣，和憧憬自由的那顆心，再加上海洋與船隻，任誰皆能成為海盜，而我是名永遠的海盜。」

希亞搖搖頭，為了成功完成夏茲賦予的任務，必須服從的人物竟然如此讓人心寒，眼前一片漆黑的她頓時難以接話。

「你已經喝蘭姆酒喝得太醉了，看清楚你的四周，這裡是餐廳，不是你要出航的海洋，也沒有你帶領的船隻。」

反駁一名擁有剪刀、鉗子手的海盜，並非一件明智的事，但希亞心急萬分，她希望海盜可以盡快認清現實，趕緊教她這項該死的差事，不過海盜只是嘲弄幾聲，選了座窗戶拉開窗簾。

「妳在說什麼？難道妳看不見這座大海嗎？妳仔細看一下，這些散落在四處的蜘蛛絲是驅動船隻的船帆，操縱蜘蛛網的蜘蛛是揚帆的風，啊，時間正好，我的船員們都來了！」

海盜用那道興奮的中低音，拉開喉嚨胡言亂語，受不了的希亞朝他看的方向望去，只見窗外走近的人們雖身著與海盜服裝相似的白襯衫、背心，以及黑色褲子，卻與真正的海盜相去甚遠。

他們穿的褲子不如海盜般寬鬆，而是乾淨俐落的線條，襯衫也沒有鬆垮至胸口，而是扣得平整一致，腰間更沒有配戴槍枝刀械，也並非穿著皮革背心，而是繫上黑色領結或是貼身的背心，看得出一股高級精緻的氣息。

——是服務員們！

希亞一見他們的服裝馬上就知道，那是將與自己一起工作的人們。希亞有些緊張，該怎麼向他們打招呼才好，該怎麼做才能留下好印象，當希亞在腦海裡躊躇這些疑問時，最先抵達餐廳的服務員打開了大門，以他為首，服務員們用劃一的行軍步伐進入餐廳。

希亞想上前打招呼，鼓起勇氣向前，當她想開口介紹自己時，傑克擋在她的面前。

「你們還真準時，為了等各位，我的剪刀都要生鏽了。」

海盜對著服務員們這樣說，溫和的聲音聽起來毫無脅迫感，但服務員們還是面面相覷，不發一語，希亞對於海盜所散發的操控能力感到不可思議。

「還愣著幹嘛？浪費了多少時間就該趕緊補回來。」

海盜勾起一邊嘴角，露出從容的微笑。

「船員們準備揚帆，我們即將出海。」

服務員們分頭開始動作，他們最先拉起覆蓋在廣闊餐廳周圍的窗簾，密不透風的餐廳，一下子如紅海般分開，海洋般遼闊的豪華餐廳轉瞬被月光照亮。

很快地，海盜發號司令。

「掌舵手於船舵前就位，其餘船員在帆下就預備位置。」

一名服務員站在門邊的服務台，其他服務員如同準備迎戰的軍隊，各自站在桌邊。下一秒，窗外的景色讓希亞不由自主繃起神經，客人們正朝著餐廳湧上。

「大浪來了。」

服務台邊的服務員將門打開。

「掌舵手，乘上浪花，準備掌舵。」

那名服務員接待起每位客人，像是劃開水流般，引導至餐廳的各個區域，同一時間水晶燈撒下夢幻的燈光，壁上的蠟燭點燃火苗，從某處傳來奇異的演奏聲，傑克船長擺正他的三角帽。

「我們準備出航。」

此起彼落的點餐聲、餐具碰撞的金屬響，斟滿酒杯的酒水聲，各式各樣奢侈的聲響在華麗的餐廳內響起，一切是那般流暢、自然，唯一豎立其中的存在就是希亞，她身處其中卻不知所措，此時傑克船長走向她。

「餐廳的工作很簡單。」

飄忽的聲音聽起來很雀躍，或許因為出海啟航了，傑克船長的眼睛閃爍著未曾見過的光芒，多了幾分生命力。

「妳只要挑選合適的繩子，升起旗幟，接住迎面而來的砲彈就好。」

希亞左顧右盼找尋類似旗幟或砲彈的蹤影，但她只見牆上擺掛的畫作、透著藍色光芒的花瓶，銹了的鏡子，杯碗盤碟、蠟燭等增添美妙氣氛的物品，紅色地毯上的圓形餐桌鋪設好桌巾，恣意旋轉，穿梭其中的服務員動作優雅又熟練，但四處卻不見旗幟或砲彈的蹤跡。

「我找不到在哪裡。」

「……孩子，這是我最後一次說明了，如果妳還是聽不懂，我建議妳直接跳海溺死比較快。」

尖銳的剪刀比劃著每張桌子上布滿的蜘蛛網，鬍子下深紅色的嘴唇粗魯說道：

「妳有沒有看到這些線？這就是負責升起旗幟的線繩，每桌的點菜單要用這些蜘蛛絲傳遞，只要將紙張用線繩纏繞，用力往上拉就好。」

一連串的說明伴隨著濃烈的蘭姆酒味自那雙嘴巴竄出，海盜深黑色的瞳孔像是強烈要求希亞的回應，使她不得不點頭。

「牆縫、鼠洞、職員們的口袋……蜘蛛絲連結整座島的料理室與餐廳，點菜單透過蜘蛛絲傳到負責的料理室，料理師再用蜘蛛絲把菜餚傳送回來……」

指著蜘蛛絲的剪刀在空中揮舞，尖刀所指的方向為服務員進進出出的廚房。

「所有的東西都集中在那裡面厚重繁密的蜘蛛網內，因此接取砲彈的意思……」

「就是把蜘蛛絲傳來的菜餚，送到餐桌上。」

「看來終於能溝通了呢。」

船長開懷笑了一聲。

「只要拿取蜘蛛網上的菜餚，妝點擺盤，準備好配菜的醬汁或飲料，就可以送餐給客人了。」

接下來是些瑣碎的事情，背誦菜單、熟記必須引導至高級座位的客人名單與長相，還學了幾句服務的專業話術，當客人要求推薦菜餚時，要依他的衣著打扮判斷其經濟能力，再決定要推薦最昂貴的菜餚或是第二昂貴的菜色，以及對於沒有點飲料的顧客，該如何運用技巧，在用餐的過程中推銷葡萄酒或咖啡等等。

「需要遵守的事項只有三點。」

希亞聽著簡易的說明，船長突然壓低音量。

「第一，絕不幫助其他船員或得到他人的幫忙，若是看見遇難的船員，一律當場棄之不顧，必須如此船隻才能繼續航行。」

這對希亞而言並非難事，她不認識這裡的任何一位船員，也不會有機會因為私人情誼出手幫助落難的船員，不過她只好奇一件事。

「船員遇難後會發生什麼事？」

面對有趣的問題，船長露出笑容。

「只要一有閃失，馬上會成為蜘蛛小姐的獵物，我想下場無須多加說明。」

粗暴低沉的耳語後，海盜接續。

「第二，絕對不能剪斷船帆。」

「船帆是指蜘蛛網嗎？」

聽見希亞的問題，船長不多說話，靜靜地摸著指甲。

「雖然蜘蛛網很多，但如果我不刻意剪斷，應該也沒有機會需要剪斷它。」

船長默而不答，希亞只好獨自說出內心想法。船長忽地一聲「啊！」甩著剪刀與鉗子激動地說：

「對耶！妳沒有剪斷船帆的可能！因為我有剪刀手，所以每次要強迫自己用鉗子的這隻手，看來妳沒有這個煩惱。」

傑克船長露齒咯咯笑，又張口灌進蘭姆酒，粗魯地胡亂吞嚥，等不及的希亞接著問道：

「最後一項是什麼？」

傑克船長過了好一陣子後才將足以擋住臉部的蘭姆酒瓶放下。

「最後一項……」

呢喃的聲音雖充滿醉意，但船長的眼神卻冒著火光。

望著那副神秘的反應，希亞更加好奇那未完的話語，鉗子手指在空中揮舞過後，指向熟悉樂音的來處。

「第三，絕對不能用壞鋼琴。」

船長低聲開口，希亞一聽就明白其意涵。

「這是那天晚上你演奏的曲子。」

今天的演奏甚至比那晚聽見的更加優美動人。

「閉嘴，這是當我還有雙手時彈奏的樂音，完全不能跟用這雙破銅爛鐵演奏的可怕聲音相比。」

希亞無法多說一句話。

「那座鋼琴是我還擁有健全雙手，縱橫真正的大海時，每天在船上日以繼夜彈奏，鍵盤染成血紅的樂器，那是唯一還記得我雙手彈奏的樂音是什麼模樣的樂器，雖然它現在只能做為觀賞用的樂器……」

船長又再度喝了口蘭姆酒。

希亞漸漸能明白了，芭蕾舞者用蜘蛛的手腳跳舞，懷念過往的輝煌，海盜用剪刀與鉗子手彈奏鋼琴，回味曾經的美好。雖然這艘海盜船義無反顧地拋下落難的人，但上頭的人們卻永遠被囚禁在過去。

希亞自傑克船長學到許多侍者必須熟記的基本素養，她幾乎直到太陽升起才走出餐廳，在急性子又愛指揮的船長底下工作一整天，希亞已經筋疲力盡，當她想馬上回雅歌的地下室時，突然改變心意轉向莉迪亞的房間，今天裘德應該陪了莉迪亞一整天，得去確認她有沒有哭鬧，希亞想起今天出門前沒有跟莉迪亞說一聲，覺得有些過意不去。

「莉迪亞，我來……」

當她打開莉迪亞的房門時，渾然沒想到迎面而來的人是裘德。

「希亞！」

裘德幾乎哭著衝上前，趕緊躲到希亞的背後，迴避莉迪亞投來的憤怒眼神。

「妳這傢伙，怎麼全都推給我就跑走了，妳知道我今天有多累嗎？」

裘德說莉迪亞調製了會讓青春痘變大的藥水，給跟自己嘻嘻哈哈的女生喝，讓對方吃盡苦頭，現在再也無法跟女生玩了，裘德嚷嚷著自己的世界幾近崩塌，而莉迪亞則是氣呼呼辯解是裘德不明白自己的心意。

聽著雙方你一來我一往的喧鬧聲，希亞搖著頭，關了門轉身就走，她感嘆著兩人無論何時都不變的個性，緩緩挪步回到地下室。

在餐廳接受傑克船長的訓練，不知不覺已經過了兩天，希亞現在已能熟練面對餐廳現場的各種情況，今天也穿上整齊端正的服務員制服了。她繫好領結，將白色的襯衫與黑色長褲整理得宜，緊張的她握緊冒出汗水的手心。

今天就是正式開始的日子，希亞調整呼吸，抬頭挺胸，頭頂上方有著如霧氣包圍的蜘蛛網，網後盤踞的是隨時準備獵捕她的獵人，心想至此，她的心臟像是被緊緊揪住，一旦希亞出現失誤，就會隨即被捕捉至蜘蛛的牢獄內，心臟因恐懼大聲地吼叫，沒有演奏者的小提琴與鋼琴樂音相當柔和，服務員們各自在負責的路線間移動，太陽已經下山，所有事物開始騷動。

位在入口處的領檯員朝希亞眼神示意，輪到她負責接待客人了，她移動腳步，雖然緊張卻維持優雅的速度，臉上掛起輕柔的微笑，她遵守這兩天來牢記的步驟，開口向客人說道：

「您好，我替您帶位。」

希亞接待的妖怪竟是她熟悉的人物，水晶燈昏暗的金黃色燈光映照出他的模樣。那身長至腳底的大衣，一副有著鮮明鬍子的面具，他是在路易的表演上得到錢財的維茲沃斯。就在希亞遞出菜單，準備想說出背誦的台詞時……

「我不太懂這些東西……請問能替我推薦菜色嗎？」

維茲沃斯拋出了突如其來的問題。

希亞有些慌張，依路易所說，維茲沃斯是餐廳的常客，更是喜愛享用高檔菜色的貴賓，那他怎麼會這樣說……希亞鎮定慌亂的情緒，耳邊纏繞的鋼琴與小提琴合奏聽起來是那般弔詭。

聽著怪奇演奏音的希亞停頓片刻後開了口。

「想問有喜歡的飲食種類嗎？」

只要順應客人的答覆，推薦最昂貴或是第二昂貴的菜餚就行，並且觀察客人所配戴的手錶、包包、帽子、飾品，根據客人的衣著判斷經濟能力，同時推薦合適的菜餚，希亞回想起教育訓練的內容，她自然而然觀察起維茲沃斯，只不過他那身長外套與面具，遮蓋了整個身軀。

希亞慌亂之中差點忘記露出微笑，此時維茲沃斯開口說道：

「我就是因為討厭別人用那些東西判斷我，才把自己遮起來，看到你們這些人不知所措的樣子很好笑。」

維茲沃斯表露不耐煩，他連菜單都不屑看，就直接往餐桌上一丟。

「想吃的飲食種類……想要的種類……當然有，怎麼可能沒有。」

嗒。

菜單差點砸中帶有裂縫的花瓶，奶油色的桌巾也因大力的動作皺起。

「那是我從未吃過的味道，所以我不知道名字。」

「……如果您能簡單形容一下食物，我可以替您找找看。」

希亞已經反覆認真研究過菜單。維茲沃斯的面具朝向希亞望去，即便在水晶燈下，仍看不見面具下的面孔。

「那個東西……有著非常鮮嫩的肉質，只要一放上舌頭就會融化。」

面具直勾勾朝向希亞，雖然看不見他的眼睛，卻能感受到強烈的視線，耳邊能聽見聲響，卻看不見他的嘴唇。

「那雙深色的黑瞳隱藏內心的恐懼，一口口啃著吃會更加有趣。」

希亞全身起了雞皮疙瘩。

「好期待用刀鋒劃過雪白皮膚的瞬間，或是直接用嘴撕開，在身體上留下咬痕，慢慢享用一定更有一番風味。」

鋼琴與小提琴的合奏愈來愈奇異，詭異的名畫、燒焦的蠟燭、布滿裂縫的鏡子與花瓶，在豪華的餐廳裡，妖怪們怡然用餐，穿梭於紅地毯上的服務員們也從容自在，想要自然地融入其中，就不能顯露出慌張的神色。

「……我不是食物，而是這裡的職員，請您從菜單上的菜色……」

在希亞說完話前，維茲沃斯早已猛然站起身。

「我為什麼要聽妳的話，就算我砍了妳的手臂來吃，只要我付錢，餐廳也不會多說一句話。」

希亞的心跳急遽加速，她的猜測分毫不差地命中，說不出話來，希亞不知該如何是好，她一心一意只想脫離困境，手中的便條紙已經沾濕，並且不自覺發抖。

——這、這下該……

當她想逃走時，便條紙滑過手心，那浸濕的紙張於空中落下。

剎那間，希亞的身子扭曲。事發在便條紙尚未落地的瞬間，維茲沃斯抓住了希亞，希亞這才仔細瞧見維茲沃斯的嘴巴，他的嘴比希亞的臉頰還大，嘴裡的舌頭如蟒蛇般上下蠕動，她不知道這一切是怎麼衝出面具之外，她的視野只有那雙巨大且朝向她而來的嘴巴。

她的腦海一片空白，那雙大嘴彷彿就要一口咬掉自己的頭，她用盡全力想掙扎卻沒有用，突然間腦裡閃過一個疑問。

——為什麼沒有人出手干涉？

在人來人往的公共場合，有客人想要吃掉服務員，怎麼會沒有動靜，希亞拚命四處張望，只見客人們文雅地談天用餐，還能聽見輕微的笑聲，服務員們保持一貫的微笑，各司其職，水晶燈的燈光依舊華麗，樂器們的演奏聲也一如往常動人，在場沒有一個人關心希亞的處境，她從頭皮開始發麻至腳底。

「第一，絕不幫助其他船員或得到他人的幫忙，若是看見遇難的船員，一律當場棄之於不顧，必須如此船隻才能繼續航行。」

傑克船長的叮嚀在瞬間成為真實，深深刺進她的骨髓，希亞感覺到僅存的理性逐漸粉碎，當那濕潤的觸感貼上她的鼻尖時，希亞極力保持冷靜擠出話語。

「請放開我，我知道您想點的食物是什麼了。」

那道駭人的裂嘴停止動作，發出尖銳的笑聲，所幸那張大嘴後退了些，原本握緊希亞身軀的力道也緩緩放鬆。

「妳真的知道，不是敷衍我？」

希亞用力站穩身子，原本包圍她的巨大舌頭也退去。

「沒錯，但我們餐廳不允許這樣的供餐方式，請稍待一下，我將用餐廳正式的方法替您上菜。」

聽見維茲沃斯的回答前，希亞的身體已經開始動作，臉上掛著輕鬆的微笑、維持優雅的姿勢，她奮力控制住想脫逃的雙腿，盡可能從容邁步。

——不可以跑，保持笑容，很好，不然會被抓走。

她像是瘋子般對自己洗腦，她知道就算開口請求幫忙，也不會有人理會，但她無法放任自己成為妖怪的盤中飧，腦海裡想到的方法只有一個。

希亞走向沒有演奏者的鋼琴，那座鋼琴用蜘蛛絲纏繞，飄浮在空中，希亞毫不猶豫地抓起蜘蛛絲往上爬，或許因為身穿服務員的制服，蜘蛛網不像之前那樣沾黏身體。

希亞使勁朝孤獨的鋼琴爬去，雖然她偶而會重心不穩，或是雙腿無力，但她仍死抓著蜘蛛絲，氣喘吁吁地往上。

察覺不對勁的維茲沃斯很快就追了過來，甚至已經跑到希亞的正下方，維茲沃斯對著希亞張開嘴巴，希亞早就跳到鋼琴上方，她緊緊抱住鋼琴，雙腿在鍵盤上發出嘎吱聲響。

維茲沃斯很快就爬到相當接近希亞的高度，他張大了嘴，那雙有著叉子般指甲的手臂在空中揮舞，試圖抓住希亞，強而有力的動作似乎要將希亞與鋼琴一同捏壞，而就在維茲沃斯抵達鋼琴前。

咔！

蜘蛛網應聲斷裂，維茲沃斯墜落於地，自相當高的高度墜落的他，一摔到地板就發出悲鳴，維茲沃斯的披風上踩著一雙老舊的皮靴，傑克船長朝著銳利的剪刀吐著氣，他的表情讓希亞相當心痛。

「第二，絕對不能剪斷船帆。」

已經出了差錯的情況，再也無法挽回。

「該死的，沒想到妳是個聰明的女孩。」

雖然船長辱罵了幾句，但他確認鋼琴狀態的眼神依舊溫柔，充滿愛意。

「第三，絕對不能用壞鋼琴。」

他深愛珍貴之物的模樣與直白的低語，成為罪惡感的利刃，深深刺入希亞的胸口，傑克船長直視著希亞的雙眼。

——對不起。

希亞用眼神向船長道歉。

船長充滿活力的雙眼像顆意志堅定的石頭般毫無動搖。

——我不後悔。

或許這就是船長的答覆，同時也是他最後的想法與遺言，他為了守護對自己最重要的第三項注意事項，毫不猶豫地違反了前兩條事項，現在的他毫無防備，如罪人般等待宣判。

「只要一有閃失，馬上會成為蜘蛛小姐的獵物。」

就在希亞發出尖叫聲前，船長已在轉瞬間被蜘蛛女人捉去。

「不好意思，這是您點的鮭魚冷盤。」

希亞將伴有塵蟎醬汁的鮭魚屍體端上桌，並在客人的杯中斟滿葡萄酒，她轉過身嘆了口氣，面對久違的勞動使她的體力不堪負荷，長時間維持端正姿勢與微笑並非易事。不過至少餐廳關門的時間已經快要來臨，同時代表她的第一天上班快要平安結束了。

受傷的維茲沃斯離開餐廳，傑克船長被蜘蛛女人捉去不過只是幾個小時前的事，當經理被蜘蛛網處死的消息傳遍餐廳時，服務員們仍保持笑容，從容自在地行動，鋼琴的樂音也悠悠飄揚。

不知不覺中，空位逐漸增多，當客人全都離開後，服務員們將餐盤往料理室送去並打掃廚房。大家的表情與接待客人時截然不同，紛紛面露煩躁或是厭煩，對於服務員私底下的真面目，希亞比起害怕，更覺得多了份親近感。

雖然因為少了傑克船長的指揮，現在陷入短暫的混亂，但最後大家仍完成了手邊的工作，希亞在搬運葡萄酒杯與餐盤的途中，抬頭想望穿頭上如濃霧般的蜘蛛網，卻什麼也看不見，蜘蛛女人似乎不會下來地面。

「終於下班了！」

「我們去喝一杯吧，我真的好想呼那個難搞的客人一巴掌，最後還是忍住了。」

「哼，我要累死了。」

「妳不走嗎？」

服務員們嘻笑打鬧著走向門外。

「我等一下再離開，明天見。」

希亞難為情地笑著回答。

隨後傳來一道關門聲，安靜的餐廳只剩希亞一個人。

29

# 紅鶴女人的故事

希亞抬頭往上看去，她雖然累得全身痠痛，但不想休息，她不假思索抓住一束強韌的蜘蛛絲，獨自撐起全身的重量，一扭一扭爬向天花板。

單靠自己的力量要爬至頗有高度的天花板相當吃力，但希亞有著無法放棄的理由。她的額頭冒出斗大汗珠，四肢不斷顫抖，因為地心引力的關係，讓希亞的身體承受撕裂般的痛苦，痛得她想乾脆放手，然而還是倚靠著必須活下去的執念繼續往上爬。

大約過了一小時左右，希亞終於抵達天花板底下的蜘蛛網，那片網子與芭蕾舞者當天帶她來時雷同，一片廣闊的網上散落許多大小不一的突起物，再次看到那些被囚禁的獵物們還是讓人心驚膽戰。

「傑克！你在哪裡？」

希亞用沙啞的嗓子呼喊船長，然而聽不見一絲回音，她著急地四處張望，在希亞附近的幾顆繭囊似乎還有一絲生命，使勁搖動身軀，可是耳邊卻是萬般寂靜，恐懼感從她的背脊攀爬上身。

「有人……能回答我嗎？不管是誰都好，船長或芭蕾舞者都好。」

焦躁的情緒使聲音顫抖得無法完整。

「放棄吧，他們是不會出現的。」

一道意料之外的聲音響起，雖然是女性，卻並非蜘蛛女人，她的聲音聽來比蜘蛛女人更加細小微弱。

意外的聲音嚇著了希亞，她警戒地望向四周。

「我在這裡。」

隨著衰弱的呢喃望去，在腳邊兩步左右的距離，有一對紅鶴的翅膀，翎毛近乎光禿，羽毛如秋天的落葉飄落在地。在緊密纏繞的蜘蛛網間，能見紅鶴失焦的雙眼看著希亞，那種感覺像是直視屍體的眼睛般。

希亞短時間內無法開口，隔了一陣子後下意識冒出的話語對紅鶴女人有些冒犯又不符合邏輯。

「原來妳還活著。」

紅鶴女人的表情毫無變化，不對，或許是因為被蜘蛛網纏繞讓希亞看不清楚。

「那個女人算得精，能讓獵物慢慢死去，她還會拉長時間磨折她最討厭的獵物，這樣她才能洩憤，同時也能增加觀賞舞蹈的觀眾。」

「那麼傑克船長應該還活著吧。」

希亞的語氣懷抱希望，紅鶴女人感到一陣新奇地低聲說道：

「原來妳是來救他的。」

「因為他會這樣都是我害的。」

「妳回去吧，這裡最沒有意義的事物就是罪惡感。」

「我不能這麼做，我會說服芭蕾舞者放他生路。」

眼見希亞如此執著，紅鶴女人像哄孩子般親切地說：

「她現在也躲在蜘蛛網的某處聽我們的對話，而她至今尚未出現的原因，就是她壓根不想聽妳的請求。」

現實又無奈的事實讓希亞像洩了氣的皮球，依照紅鶴女人的話，看來她很難在這裡見到蜘蛛女人或傑克船長一面，即便真的碰面，她也沒有方法解救傑克。

「放棄吧，沒有人能打動她的心，當夏茲拿著金銀珠寶與藝術品來拉攏她時，也是鎩羽而歸。」

「夏茲拉攏過她？」

忽然意外聽見夏茲的名字，勾起希亞敏感的神經，希亞的臉上瞬間閃過訝異與好奇，紅鶴女人輕嘆一口氣，語調夾雜溫柔的笑聲朝希亞說：

「妳真的，什麼都不知道呢。」

若不是因為雙眼已像屍體般呆滯，她一定是帶著笑看向希亞的，但無論如何，她都是將死之人，那近乎斷氣的虛弱聲線滑過希亞的耳邊。

「夏茲曾希望透過她召喚湯姆，讓湯姆釋放自己體內的惡魔。」

湯姆這個名字將所有故事如蜘蛛網般打結纏繞，希亞曾聽雅歌說過夏茲需要湯姆才能自惡魔的掌控中釋放，但希亞卻沒想到會在這裡聽到這些事。

「不是只有哈頓能召喚湯姆嗎？」

根據雅歌的故事，只有與湯姆立下合約的哈頓有能力召喚他，因此才需要獻出自己的心臟醫治哈頓的病。

紅鶴女人傳出咯咯笑聲，斷斷續續的嗓音指正了希亞的錯覺。

「才不是，反而是蜘蛛女人比哈頓更容易召喚湯姆，只要一道眼神、一個簡單的手勢就足夠。」

紅鶴女人嘲諷兩人的關係，或許來了興致，她舉起原本垂下的手。

隨著她的手部動作，所剩無幾的粉色羽毛飄落在地，蜘蛛網因為她的動作加重了力道，牢牢捆住她，蜘蛛王國占據了希亞所不知道的每個角落，只是表層看不出來罷了，就快被黏密蜘蛛網蠶食的女人嘻嘻笑著。

「妳想知道原因？因為湯姆愛著那個女人。」

似乎從某處能聽見花瓶破碎的聲音。

「惡魔愛上芭蕾舞者。」

昏暗寬廣的天花板之下，如面紗垂掛的蜘蛛絲間，那道耳語顫抖其間。

「啊，真是可笑。」

紅鶴女人笑得很開心，隨著關起她的那團灰白色線絲捲呀捲，時間倒回過去，那是一個無法令人不發笑，既美麗又悲傷的故事。

❦

「這樣妳滿意了嗎？」

那雙塗滿華麗指甲油的手，將色澤鮮明的珠寶放在搖搖欲墜的桌面，桌上已經堆滿各種珍稀貴重的寶物了。

「嗯，既然妳都帶了這麼多東西，夠我先聽個兩句，哈哈。」

雅歌裸露巨大的牙齒在外頭，笑得讓人很不舒服。

「阿卡西婭小姐，妳想要什麼？」

雅歌瞪大雙眼，直視眼前不過十幾歲，一身稚氣未脫的女孩，她的體型嬌小，比例勻稱，只不過擦著不合年齡的黑色睫毛膏與一口紅唇，格外成熟的妝容帶著強烈的魅力。

「請拿除我的一項欲望。」

雅歌似乎不滿意阿卡西婭小姐的請求，臉部開始扭曲。

「情感、欲望這種東西還是維持原樣比較好，太多人僅因一時的困擾而衝動，最後吃苦的是自己，那些人十之八九會回來大吵大鬧，要求我恢復原樣，但是情感與欲望要是去除後就無法復原了。」

不過阿卡西婭小姐已經下定決心，那雙如貓眼般魅惑的雙眼直勾勾看著雅歌，散發出過人的自信。

「我答應妳，絕不會回來要求妳復原，因為這不是一時的衝動，這是會困擾我一生的痛苦與枷鎖，我必須從這之中掙脫才行。」

「哈！」

雅歌大聲地用鼻孔噴氣，響徹雲霄的聲響如暴風雨般衝向阿卡西婭小姐。

「妳是傻還是笨？還是不知足？有著一張美麗臉蛋與絕佳的舞蹈實力，小小年紀就坐擁名譽與財富，到底還有什麼事困擾著妳？妳的人生早已應有盡有了吧。」

那好比香腸般粗厚的手指，上頭戴滿巨大又華麗的戒指，一雙手大力拍打阿卡西娅小姐的肩膀。

「由妖怪島上最具實力與潛力的少女們所組成的芭蕾舞團，每天有上百隻妖怪為了看妳們的舞姿爭先恐後擠進會場，外頭更有上千隻妖怪迷戀妳們所吐出的空氣及腳踩的地板，妳過著藝術家最嚮往的人生，到底還希望消除什麼欲望？」

拍打肩膀的力道其實不小，但阿卡西娅小姐卻無動於衷，反而更用力挺直脖子看著雅歌。

「藝術家最嚮往的人生？」

鮮紅的嘴唇勾出漂亮的弧度，嘲諷女巫。

「看來妳用水晶球偷窺別人的人生也沒看得多徹底。」

那道瞪著雅歌的眼神流露出輕蔑，嬌小的身軀散發著難以置信的瘋狂氣息，雙眼銳利萬分。

「那種無用的眼睛倒不如拔出來磨成泥。」

阿卡西娅小姐低聲呢喃。

「在妳眼中，藝術家最棒的人生是什麼？賣藝賺錢？我當初要是想賺錢就不會學舞，而是開間漂亮的花店了。」

阿卡西娅小姐現在比起嘲笑雅歌，更像是嘲笑自己，淒涼的聲音似乎參雜笑聲與哭聲。

「擺脫財富與名譽等世俗價值觀，毫無拘束、全心全意活在屬於自己的世界，自由追求藝術的人生，才是作為藝術家最棒的人生。」

阿卡西婭小姐發出笑聲，她的眼眸裡裸露出深藏的絕望。

「可是妳看看現在的我，我每天想著雙腿該怎麼舞動才會更加美麗，當我在空中迴旋時觀眾會喜歡嗎，我該怎麼做才會讓觀眾更加讚頌我，我的每一個個動作皆被他人的視線牽制。」

阿卡西婭小姐露出微笑卻語帶哽咽，然而這樁衝突竟一點也不奇怪。

「必須讓他人喜歡我的強迫感，侷限我的一舉一動，我必須滿足他人而活，這樣的生活哪算得上最棒的藝術家人生？」

空虛的大笑迴盪在空中，少女低聲哀求。

「我只是再也不想顧及他人的視線，純粹為了享受藝術而活，所以我想消除被愛的欲望。」

這些單字像腐蝕身體器官的毒藥，侵蝕著嘴角，但她仍字字句句堅定不已，早已下定決心的她，眼神與聲音無所畏懼。

雅歌緩緩開了口。

「……好，我依照妳的意願，替妳消除被愛的欲望。」

有十足信心與明確的需求，有這種覺悟的話，雅歌也沒有愧對之處了。雅歌露出牙齒，勾起嘴角。

「只要一下子就好，一切會自然而然地發生並轉瞬結束。」

雅歌哼起歌，她沒有阻止或勸誡年輕孩子們的想法，因為有這些呆瓜她才有賺錢的機會。

雅歌開心著手年幼少女的委託，那是齣美麗喜劇的開始，也是一次悲劇的造訪。

當一切結束時，雅歌給了阿卡西婭小姐一塊茶壺形狀的黏土。歪七扭八的茶壺型黏土一經碰觸就會變形，阿卡西婭小姐看著醜陋的黏土露出唾棄的表情，雅歌則是一臉竊喜，那原本是要用來製作陶瓷的黏土，沒想到會在這裡派上用場。

「我把妳的欲望全化作這塊黏土了，現在妳絲毫不會在意他人的感嘆或訝異，更不會在乎他人的視線，妳想從他人身上得到喜愛的欲望全揉進這塊黏土了。」

雅歌看著阿卡西婭小姐撫摸黏土的模樣，接續說道：

「揉進黏土內的欲望是無法復原的，妳這一輩子永遠無法獲得被愛的喜悅，妳真的不會後悔？」

少女笑得很燦爛。

「當然不後悔，現在的我自由了。」

阿卡西婭小姐所屬的舞團位在戀人們的眼淚所匯集的水池邊，由戀人們的吻鋪設的街道之間，那裡是年輕人們最愛去的場所。一到晚上，街上樹立起大大小小的帳篷，在薄透的帷幕裡上演著各式各樣的精采表演，誘惑著每位經過的遊人，整條街道只要到晚上即會被五彩繽紛的燈光點亮，還能聽見年輕人們開心哼唱的歌聲。

幽靈列車和馬戲團中間的巨大粉色帳篷，即是阿卡西婭小姐舞團每天晚上表演的地點。當沒有排定演出時，少女們會在村莊後方的綠色旅館練習，旅館的空房很多，她們能利用這些地方練習，每逢夜晚降臨，少女們會來到粉色帳篷，在坐無虛席的會場上台表演。

阿卡西婭小姐在與雅歌交易後比以往更加自由無束縛，恣意享受屬於自己的浪漫生活，她自他人視線中解脫，無須在意被愛與否，能盡情依照自我意志過活，猶如掙脫生命的枷鎖，愜意飛翔。

唯有一點讓她有些在意，就是她從雅歌手上拿回來的那塊又小又醜的黏土。一開始那只是一塊茶壺模樣的黏土，但卻在每次注意他時會改變形狀，時而變成杯子，時而成為盤子，甚至還曾經變成芭蕾舞鞋。

雖然讓人有些不舒服，但阿卡西婭小姐心想「反正是從女巫那裡拿到的東西，必定有些麻煩。」沒有放在心上，畢竟她是妖怪島上最頂尖的芭蕾舞團之舞者，何必在意一塊不起眼的黏土。

隨著舞團漸漸聲名遠播，前來旅館找少女們的妖怪也與日俱增，大多為喜愛少女們的粉絲，有時也有舞蹈界的相關人員，當然也有其他的人，偶爾有傳道的宗教人士或乞討的乞丐們會來敲響旅館的門。

少女們依對方的身分轉變截然不同的態度，尤其面對宣揚神的存在與歌頌信仰的傳道士們，少女們更是嗤之以筆，表現出驕縱蠻橫的態度。

有一天，少女們全都去見在幽靈列車上工作的少年，旅館內只剩阿卡西婭小姐獨自一人。此時有名乞丐敲了門，話語提及舞團的名望與財富，希望她能施捨食物，重視品德的阿卡西婭小姐雖然對於門檻被沾染汙泥有些不開心，但還是對於全身骯髒、瘦骨嶙峋的乞丐溢起同情心。

阿卡西婭小姐拿了一些錢與食物給了乞丐，對著乞丐的阿諛奉承微笑幾次後將門關上。不久後，當她望向廚房的角落時嚇了一大跳，竟然有名男孩子窩在那兒。

光瞄一眼就能感受到男孩全身骯髒，一頭數日未洗的亂髮因大量出油全貼在臉頰兩側，皮膚上還有許多結痂。那個孩子比她年幼，雖然看起來無辜，卻有些說不出來的異樣，他眨動的雙眼毫無生氣，猶如一座雕像，男孩緩緩抬頭，直盯阿卡西婭小姐。

「你是誰？怎麼進來這裡的？」

阿卡西婭小姐發出尖銳的叫聲，孩子被凶狠的斥責聲嚇得露出欲哭的表情，但他卻沒有發出任何哭聲或說一句話，阿卡西婭小姐環顧周遭，找尋孩子可能進入廚房的地方，然而她注意到桌上某一處的變化。

阿卡西婭小姐再次望向那個男孩，惡狠狠地問道：

「是你拿走了嗎？桌上原本有一塊黏土。」

孩子一句話也不說，持續保持沉默，阿卡西婭小姐無奈地扶額嘆口氣，將手伸向孩子。

「趕快還給我，那是我的東西。」

但孩子似乎誤會了阿卡西婭小姐的意思，取而代之地將自己的手放在她的手心，慌張的阿卡西婭小姐想趕緊將手抽離，但少年開心的微笑讓她停下了動作。

「你是誰？從哪裡來的？趕快回你的家。」

男孩沒有放開阿卡西婭小姐的手，阿卡西婭小姐感受到手心傳來既熟悉又柔軟的觸感。

「原來……你是我的黏土。」

阿卡西婭小姐淺淺呢喃，男孩露出肯定的笑容，她皺起眉間，頭隱隱作痛，若是讓其他女孩知道這個骯髒的小孩踏進大家的空間，必定會被罵得很難聽。

「你趕快變回原本的樣子，不，什麼樣子都好，除了有生命的以外都好。」

但是男孩沒有聽從，只是傻傻呆望著她，似乎也聽不懂她的意思，阿卡西婭小姐開始感到有些著急，抓起男孩的雙肩。

「茶壺、茶杯、湯匙，隨便什麼都好，我叫你變回原樣，變回原來的模樣。」

即使面對阿卡西婭小姐迫切的哀求，男孩依然無動於衷，她心知肚明，往後將多一個人與舞團少女們一起生活在綠色旅館的悲傷事實。

極具才華與野心的少女們在同一個屋簷下生活，是一件多麼危機四伏的事情，綠色旅館隨時籠罩在劍拔弩張的氛圍之下，少女間的競爭與妒忌比火花還要精采。

在勾心鬥角的旅館內有著一條絕對性的規則。就是在舞團裡最知名、擁有最佳實力的少女會受到其他女孩日以繼夜的欺凌。

這並非由誰明確規定，是一群懷抱目標與潛力的年輕少女們聚集在一起時，自然而然會產生並默認的傳統，每次躋身為最出眾的少女皆不同，因此每次擔任折磨與被折磨的人也有所不一。

阿卡西婭小姐不例外地也順應這項規定，一同藐視最厲害的少女，當時最被大家欺負的是有著深粉色翅膀的貝拉，貝拉有著纖長的腿肢與細頸，那雙粉色翅膀的舞姿是連其他少女們也非得認可的美麗。

但從某個時刻開始，被欺負的孩子增加了一名，少女們無法接受這名由黏土組成、又髒又弱小的男孩擅自進入旅館的事，因此她們隨意替他取了「湯姆」這個名字，並呼來喚去使喚他。

少女們經常指使湯姆做苦差事，一有不順眼就會辱罵他，甚至毆打他。阿卡西婭小姐也不太喜歡湯姆，她也像其他少女一樣用難聽的字眼羞辱他，或是旁觀暴力的發生，但她或許對湯姆留有部分的罪惡感，她從不會對他動手，並趁眾人沒注意時幫助湯姆。

某一天，天空似乎隨即會下起滂沱大雨，陰沉沉壓著大地。少女們坐在四方形的桌邊等著吃晚餐，她們彼此沒有任何交談，湯姆替少女們夾了草莓吐司，將其放在盤子上分給大家。

眾人面無表情，在那股令人窒息的寂靜之間，一道尖銳的聲音突然劃破空氣。

「呃啊，草莓醬有黏土的味道！」

大叫的少女臉部扭曲，馬上含了口柳橙汁漱口，藏於空氣中的火藥瞬間朝向湯姆而來。

「你這個蠢蛋，怎麼可以用手塗抹果醬！全都沾到黏土了。」

「噁心，害我差點吃到黏土了。」

「問題還是出在這副用黏土做的身體。」

一名少女怒掐著湯姆的手臂，眼神兇狠地瞪著他，情緒激動的少女們宛如看見誘餌一股腦地衝上前，發狂似狠揍那副黏土身軀，唯一不為所動的人就是阿卡西婭小姐，她靜靜吃著草莓吐司，旁觀湯姆遭受欺凌的場景。

用完餐的少女們，像往常一樣匯聚到街上的粉紅帳篷，為表演做準備。

那一天雲朵緩慢移動，夜晚降臨，天空落下雨滴，街邊帳篷五顏六色的燈火與路燈在雨中透露光輝。

不知是否因為雨勢，表演結束後，觀眾比平時更快離開了帳篷，在空蕩的帳篷裡，少女望著淅淅瀝瀝下雨的天空，無奈手邊沒有雨傘，害怕染上感冒連累練習。

此時無力垂下的帳篷悄悄被打開，一名男孩一手撐著雨傘，另一手抱著許多雨傘，朝少女們開朗笑著，那名男孩就是湯姆。但傲慢的少女們一點也不感謝他，相繼搶走雨傘後離開帳篷，然而湯姆沒有帶上足夠的傘。

一道冷酷的聲音朝著空手呆站的湯姆說：

「看來你要跟她共撐一把傘了。」

不得已與湯姆共用一把傘的不幸少女就是貝拉，少女們眼見最受眾人霸凌的兩人必須共用傘，開心得不得了，嘻笑甩頭走回旅館。

大雨無情落下，有稜有角的藍色雨傘如火車般，排列行進在雨中。

雨滴彷彿要與大地鬥爭，地上很快就淤積充滿泥濘的水坑，少女們深怕汙泥會用髒衣服，輕柔踮起腳尖躍過地面，嬉鬧的笑聲不絕於耳。

湯姆像是聽不見少女們的笑聲，泰然地走進傘下，而他身旁有著細長身子的貝拉則不斷打哆嗦。

抵達旅館的漫長旅途，似乎怎樣也走不至盡頭。滴答，雨滴瞬間沿著雨傘邊緣滴下，正好滴在湯姆的手指上，沾染黏土的泥水恰好噴濺到貝拉的腳，亟欲閃避水坑的潔白雙腿被泥水暈染髒污。

就在慌張的湯姆想開口時，貝拉停下腳步，在大雨落下的聲音間，少女們的嘲笑聲顯得更加刺耳，雨滴與嘲諷包圍兩人，貝拉的臉湧上一股羞恥與憤怒，漸漸泛紅發燙。

「你自己去找傘來撐。」

那道聲音雖小卻很堅定，搔過湯姆的耳邊。

湯姆都還沒回過神來，貝拉纖細的手就推開了他，一轉眼他跌至地上的水坑裡，少女們的戲謔聲像女高音般更加激昂，湯姆被雨水與泥土淹沒視線，當他好不容易抬起頭時，撐著傘的貝拉早已離他遠去，跑向旅館。

湯姆覺得全身無力，雨水不停擊中身子，使他陷入泥濘之中，他的四肢一點一滴融化，當他發現自己將要與地上的泥土融為一體時，湯姆感到萬分害怕，他使盡全力想站起身，然而天空降下的大雨卻如猛烈攻擊的大砲，抨擊他孱弱的身軀。

他的身體在水中融化癱軟，湯姆直到最後都試圖舉起手尋求幫助，但可憐的是在黏土之手融化前，耳邊只傳來少女痴狂的笑聲，雨聲和嘲諷使湯姆感到天旋地轉，使不上力，聽著漸行漸遠的腳步聲，他絕望地停止了掙扎。

不知道過了多久，究竟只是幾秒還是幾天，甚至是幾年，他不得而知，在朦朧的意識間他聽到一陣呼喊自己的聲音。

「湯姆、湯姆。」
那道有力的聲音似乎重複了幾次，使得湯姆用力睜開原已無力的眼皮。
他的視線飄忽不定，花了一些時間才聚焦眼前的景象。原來呼喊他的人是阿卡西婭小姐，她撐著雨傘，站在離水坑一步的距離看著自己，阿卡西婭小姐沒有被雨淋濕，全身乾淨整齊，像是從截然不同的世界而來，看上去是那般神聖美麗，在雨中散發光芒。
「湯姆。」
但雨仍猖狂地下，湯姆的身體也在迅速融解。
「我們回家吧。」
她什麼都知道，卻像一無所知般，平靜地對湯姆說：
「一起撐傘吧。」
不過湯姆的身體動彈不得，侵蝕黏土的雨滴使其深陷水坑之中。
——如果可以先擋雨的話……
湯姆直盯著阿卡西婭小姐拿的雨傘，她意識到湯姆的意思稍微皺起了臉。
「不行，如果幫你擋雨，我就會淋濕了。」
即使湯姆的眼神帶著強烈的渴望，但阿卡西婭小姐仍堅決搖頭。

「我不能讓寶貴的腳沾到泥土，所以無法再靠近你。」

她連一小步也不為所動，溫柔的聲音穿越雨中。

「不過我會等你，待雨勢減緩，你的身體有力氣後再過來。」

她的臉抹上輕柔的微笑，像是施以慈悲般的神聖，並且堅守了自己的約定，在雨勢減弱、湯姆的身體恢復原狀前，她站在原地動也不動，如石膏像般矗立於那。

一段時間後，天空的角落瀉出陽光，如水彩渲染整片天空，雨滴逐步變細，天空漸漸恢復平靜，湯姆像是臣服於女王前的奴隸，蜷曲著身子爬到她的傘下。

「起來，小心點，別用髒我的衣服。」

阿卡西婭小姐直到湯姆完全用雙腳站立之前，耐心地等待著他。

「可以行走嗎？」

湯姆用行動代替說話，往前踏出了一步，阿卡西婭小姐也撐著傘與他一起走著，街道的另一頭是燦爛的陽光和發亮的綠色旅館。

阿卡西婭小姐腳踩小碎步緩慢行走，躊躇片刻後開口說：

「……你一定很埋怨我們。」

阿卡西婭小姐低聲接續說道：

「不過我們都是情非得已的，在無情殘酷的妖怪世界裡，這些選擇舞蹈的女孩子們必須殘忍才能生存，良善之心在懷抱夢想的起初就已被拋棄了。」

頂多十幾歲不到的少女，說著絲毫不符合年紀的成熟領悟。

「我沒有要你理解我們，我們對你的所作所為是錯誤的，但是我們以後也不會有所改變。」

阿卡西婭小姐停下步伐。

「湯姆，你和我們是迥異的存在，我知道你是怎樣的人，為什麼以前會變換為茶杯、項鍊、舞鞋，而現在持續用男孩的模樣出現。」

阿卡西婭小姐平靜的聲音緩緩流過雨水間。

「當我享受常茶湯時，你成為了茶杯；當我看著鏡子欣賞珍藏的項鍊時，你成為那條項鍊；當我忙於練習，直到睡前才能脫下鞋子時，你是那雙舞鞋，我逐漸明白，你無時無刻會成為能得到我的目光與在乎的物品。」

阿卡西婭小姐看著湯姆直視自己的雙眼。

「可是在某天，當我對著乞討的乞丐微笑後，你就成了邋遢骯髒的男孩在我面前出現。」

兩人交錯的視線真摯無比，阿卡西婭小姐堅定地望向湯姆純真的視線，雨聲如細絮，和她剛毅的聲音形成正比，甚至有些淒涼。

「我不是在責怪你，我知道這並非你能控制的，因為……」

雷聲從遠方天邊隱隱作響，那微弱卻沉重的震盪在兩人心底深處留下印記。

「因為將被愛的情感揉進你生命裡的人是我。」

少女乾笑幾聲，笑聲隨即被雨聲所洗去。

「你的起初就是因為我……你是如此被創造的。」

略帶罪惡與自責的呢喃，顯得無力脆弱。

「不過我無法給予你最渴望的東西，我將被愛的心全都給了你，我的心再也感受不到愛了。」

不願被愛的少女朝向渴望被愛的男孩說道：

「所以你走吧，去尋找能愛你的人，繼續待在這裡，你和我都不會幸福。」

少女不再繼續往旅館邁步，停止的腳步代表了她的決心。

「你如果離開了我，我會更自由，因為這等於我丟棄了唯一的弱點，我有自信能表現得比現在更好。」

少女滿溢的自信與野心顯現於眼神之中，她慫恿湯姆離開自己，但是湯姆沒有因此順從阿卡西婭小姐的話，他似乎像是真的無法理解般，呆望著眼前的少女，眨動雙眼表示內心的困惑。

阿卡西婭小姐納悶著湯姆怎麼還沒聽懂，因此接續說：

「你或許同情貝拉，但其實住在旅館內的女孩沒有人不羨慕她，而她自己就算被欺負，也不願意被拉下王位，無時無刻都在努力著。」

少女們為了不從危險萬分的孤繩上墜落，寧願冒著被火焚身的痛苦，留下猜忌與鬥爭的灰燼。

「我若是能達到那個位置，即使被眾人欺負也能發自內心地快樂，我相信其他少女也是。你要是離開我，我將會成長為這個世界上最優秀的舞蹈家。」

即便會粉身碎骨、燃燒殆盡，她們仍行走在這條線繩之上，因為她們有著最純粹的野心與夢想，對於這些少女們，天上的星辰即是這個世界的全部，也是最美麗的希望。

「走上屬於你的道路，遇見能恣意愛你的人，實踐你的夢想。你有顆善良又美好的心，將那髒亂的頭髮與皮膚換作另一副乾淨的模樣，一定會有人愛你的。」

阿卡西婭小姐朝充滿困惑的男孩嫣然一笑。

「看到我趕走穿著整齊的傳教士，只對乞丐開門施捨的行為讓你產生了誤會，其實人們討厭髒亂醜陋的模樣，為了被愛要換上乾淨美好的模樣才行。」

不知不覺中，雨已停歇，天空再次放晴。

「這把傘給你，你帶著它，你唯一的弱點是水。」

少女將對湯姆僅存的罪惡感和責任感寄託於一把雨傘中，離開了他。

# 30

# 湯姆的秘密

「唉，又來了……」

阿卡西婭小姐咬起下唇，望著手上破得稀爛的雨傘，索性將壞掉的雨傘丟進早已塞滿觀眾贈花的垃圾桶內。

她踏著皮鞋步出更衣室，往舞台後側探頭而去，找到的仍是被毀損的雨傘，阿卡西婭小姐氣呼呼地又將傘扔進垃桶，她已經別無他法，當初為了預防這種狀況，明明已將傘隱密藏在各處了……

帳篷外的雨無情地下，表演已結束好一陣子，無論是觀眾或舞者皆紛紛離去，大概因為惡劣的天氣，帳篷外一個人影也沒有，

阿卡西婭小姐嘆了一口氣，撫過髮絲，在表演結束後，她應該更早脫離湧上祝賀的觀眾們才對，如此一來她們就沒有時間找出藏好的雨傘了……

「明天得買五把雨傘回來放才行。」

阿卡西婭小姐暗自下定決心，她已習慣芭蕾舞者們針對她的欺凌。

湯姆離開綠色旅館後的幾年間，阿卡西婭小姐果真如她所說，一躍成為舞團裡

最頂尖的舞者，送別她唯一的缺點後，她變得無所畏懼，更加強盛，她每天實踐最嚴格刻苦的訓練，以高強度的標準鍛鍊自己，使她成為最優秀的芭蕾舞者。

少女曾嬌小可愛的身高與四肢，漸漸成長為纖細、瘦長的身形，一張開身軀如蝴蝶翩翩，勾勒出更加動人的舞姿。舞台上的她將一頭秀麗的長髮盤成髻，眼角的弧度銳利上勾，深黑色瞳孔擋不住她過人的自信與氣勢，整個人散發不凡之光。

她是每場表演裡無可替代的核心角色，舞台的正中央是專屬於她的位置，每當表演結束也是她囊括最多的花束與掌聲，整個舞團的知名度也因她水漲船高，有了舉足輕重的地位。

因殘酷無情的生存方式感到厭倦的妖怪們，對於少女們在台上舞動的純粹高尚藝術如癡如醉，不停稱頌其奧妙。在湯姆離開綠色旅館後的時間裡，粉色帳篷的規模已經遠比街道上所有帳篷加起來還要巨大，這群少女們甚至還受邀至女王的宮殿進行演出。

少女們清楚明白自己享有的特權是由努力練就的舞藝換取而來，因此她們的臉上永遠散發過人的自信與活力，但是舞團內那些不可撼動的規則卻從未改變，她們仍總是欺凌當中最優秀的少女——阿卡西婭小姐。

然而將被愛的渴求徹底拋開的阿卡西婭小姐絲毫不以為意，反倒是挺起那傲視眾人的鼻頭，全身浸淫在舞蹈世界的幸福之中。

但現在卻並非快樂的時候，她蹙起眉頭看著未見減緩的雨勢，這樣看來只能在帳篷裡練習直至雨停了，阿卡西婭小姐走回更衣室，想將身上的外套掛回去，她張嘴打了口哈欠，脫去身上的外套，那是個冷颼又疲憊的夜晚。

「打擾了。」

一道陌生的聲音穿越雨水，細微地從外頭傳進，阿卡西婭小姐停下動作。

「請問有人在嗎？」

那道聲音再度問起。

阿卡西婭小姐繼續脫去外套，不用去外面查看就知道一定是無禮的觀眾或記者，只要不理會對方就會知難而退了。

「……我知道妳在這裡。」

聲音裡的獨斷讓人有些不舒服，阿卡西婭小姐將外套掛在衣架，冷酷地說：

「我沒有打算讓你進來，請自行離開。」

她將衣架掛上橫桿，並且脫去鞋子。

「我沒打算進入帳篷。」

——大家都這樣說。

阿卡西婭小姐嗤鼻一笑，穿上芭蕾舞鞋，那道聲音再次輕柔傳來。

「我想說妳應該需要雨傘，所以帶來了。」

原本繫著舞鞋上蝴蝶結的手停了下來，那份生澀的好意讓她不由自主笑出聲。

「還真是謝謝你，麻煩放在前面就好。」

之後是短暫的雨聲，她心想奇怪的訪客應該已經離去，結果不久後又聽見對方夾雜著為難的語氣。

「恕我難以照做，我只有帶一把雨傘，若是放在這裡，我會被雨淋濕，請妳出來吧，我能替妳撐傘。」

言聽至此，看來這位訪客不見到阿卡西婭小姐前是不會輕易離去的，阿卡西婭小姐二話不說從抽屜深處拿出手槍，裝上子彈，輕步走向帳縫的大門。

「我不是要你離開了嗎？」

當她走到門邊，順勢舉起手槍，槍管很快就被雨水淋濕，槍口所指向的方向有一道黑影。

「妳不需要如此。」

在雨滴下，一名身材高大，穿著西裝的男子撐著雨傘，不顯任何退縮，聲音相當泰然自若。

「我真的只是為了替妳撐傘罷了。」

「你是誰？」

阿卡西婭小姐緊盯著半遮掩男子臉龐的傘，奇怪的是她覺得這把傘有些面熟，愧歉感油然而生。

雨聲尖銳如刃，雷霆作響，雷電宛如擊中她的內心深處，迷濛霧氣般的記憶虛晃眼前，總是充滿自信、堅定的眼神頓時充滿不安。

阿卡西婭小姐用槍口抬起傘面，在傘下露出的那張臉，與好幾年前骯髒、瘦弱的男孩截然不同，男子的五官彷彿工匠耗費畢生所精雕出的完美雕塑像，他的身材高挑勻稱，全身散發高尚的貴族氣息，撲鼻的甜美香水更是增添醉人的氣氛。

——天哪。

她在心裡發出讚嘆，美麗的唇間瀉出失笑聲，雷聲大作，劃破天空的閃亮在瞬間照亮湯姆直視阿卡西婭小姐的雙眼。

「妳不是非常討厭淋雨嗎？」

雨聲在背後鮮明作響。

「湯姆！」

她望著用槍口抬起的傘下，咯咯笑起，雨聲澆淋著兩人的寂寞，面對迷人的笑容，湯姆的眼神卻依舊冰冷。
阿卡西婭小姐不在乎他的態度，率先和藹地搭話。
「進來吧。」
「……」
「我得換衣服才行，進來裡面等我。」
阿卡西婭小姐不顧湯姆的回應，逕自走進帳篷，湯姆注視著阿卡西婭小姐哼歌走進更衣室的背影，也緩緩走進帳篷內，帳篷內的光景雖與他的記憶相去不遠，卻有著明顯的差異，寬敞許多的空間與華麗的裝飾是這段期間以來，少女們不懈努力所得來的成果。
喀噠喀噠，皮鞋聲音響起，湯姆抬起頭，看見阿卡西婭小姐穿上外套走來，另一隻手仍拿著那把手槍。
在燈光的照映下，湯姆首次凝視起她的臉龐，數年未見，阿卡西婭小姐脫去稚氣，更加成熟美麗，湯姆不想錯過她臉上任何一絲變化，直盯著每個角落。
「……那是沒有用的，子彈不會使我受傷。」
阿卡西婭小姐聳聳肩駁斥。
「你不能裝作沒看見嗎？我得拿在手上才覺得安心，畢竟你可能是為了復仇才回來找我。」

腳踏輕柔步伐的阿卡西婭小姐已經走至門邊，緊隨其後的湯姆撐開了數年前與她別離時收到的禮物，外頭的雨滴依然自顧自地滴落，他們共撐一把傘走在雨中。

街道一片寂靜，濕潤的空氣有些惆悵，兩人腳步一致，慢慢搭起話來，內容其實稀鬆平常，不外乎是湯姆怎麼會來到這條街，又怎麼會來替阿卡西婭小姐撐傘等等內容。

「所以你為什麼會來這裡？」

「收留我的那對夫妻從事寶石精工的工作，這次的客戶剛好住這附近，為了與對方簽署契約所以過來這裡一趟。」

「那怎麼會來找我？」

「他們談公事時，我在大街上隨意走走，結果聽見舞團表演的消息，就移步來帳篷看看。」

「天哪，所以你看了我的表演？」

「沒錯，表演結束後，我想說許久未見，就去待機室想與妳打聲招呼。」

「待機室？要躲過保全的目光很不容易耶，你變成什麼進去的？」

「……牙籤。」

「真是不敢置信。」

「我在那裡看到其他舞者破壞妳的傘，想折磨妳，所以我才決定替妳撐傘。」

他們兩人不過問彼此這段期間經歷了什麼，不問道別後的兩人過著怎樣的生活，也不過問對方如何走到現在，可以說是隻字不提過往，他們只專注於現在的此時此刻。

兩人邊走邊聊，很快就抵達了綠色旅館前，阿卡西婭小姐輕快地步出雨傘，踏上階梯，眼前有道高過自己一半的大門，她熟練打開上頭滿滿的鎖頭，湯姆在原地盯著她的背影。

不久後，阿卡西婭小姐打開門，回頭望向他。

「再見。」

她無情地再次道別，她溫柔的微笑太過自然，讓湯姆頓時說不出話，他只是撐著傘獨自站在雨中發怔，阿卡西婭小姐不等待他的任何一句回應。

關上門後，疲憊感瞬間襲上阿卡西婭小姐，她急忙彎下腰想脫去皮鞋，卻傳來細小又慎重的敲門聲，她停下動作，嘆了口氣後打開門，果然湯姆還站在原地。

「天氣很冷，現在又下著雨，我下榻的旅館離這裡太遠了，能否收留我一個晚上呢？」

湯姆的字字句句懷抱著真心誠意，其實從他出現在帳篷外時，阿卡西婭小姐就已經料想到這樣的發展了，她輕輕抹上微笑。

「你不也知道哀求我是沒有用的嗎？」

她不留情面，不想再聽下去，毅然將門帶上，門後再次傳來敲門聲，但她毫不理會，兀自脫去皮鞋，但卸下盔甲的暢快感只是短暫幾秒，腳掌的刺痛感隨即襲來，那是過度的練習量與表演積累而成的代價，她一心一意只想休息，當她想忽視不斷傳來的敲門聲，走回房時，響亮的門鈴聲在整間旅館響起。

「該死的。」

正踏上階梯的阿卡西婭小姐迸出髒話。

旅館陷入一陣沉默，所幸現在醒著的舞者只有她一人，門鈴再次響起，阿卡西婭小姐猛然回頭，盯著門鈴聲再次迴盪的門邊，她快步邁向響個不停的門鈴。

砰！

門扉一開啟，一枚子彈率先飛出，煙硝飛揚，那道雙眼盯著被打出一個窟窿的黏土，她抬頭望向湯姆的臉，面對阿卡西婭小姐殺氣騰騰的雙眼，湯姆依舊泰然自若，阿卡西婭小姐的眼神被無奈一點點侵蝕。

湯姆將毀壞的傘遞給她看，緩緩開口。

「風太強了，雨傘被吹壞了。」

湯姆瞇起雙眼解釋。

「我怕身體會因為雨水融化，所以不敢淋雨，能否收留我一個晚上？」

阿卡西婭小姐發出譏笑，她的欲望真是頑固不已。

夜空月亮高掛，昏暗月色籠罩，那是個漆黑又寂靜的夜，坐落在暗夜中的綠色旅館，有道窗戶獨自發出光亮，格外孤單。透過窗，可以看到阿卡西婭小姐睡得像一具屍體，沒有一點動靜，甚至沒有一絲氣息的起伏，整個人看起來就像是已經死去般，一手還拿著手槍，使整幅場景就像命案現場般真實，但房間內卻一片祥和。

轉瞬，阿卡西婭小姐突然睜大雙眼，她的瞳孔劇烈轉動，宛如痴狂的人般失去理智，超出常理地骨碌旋轉。背上彷彿裝有彈簧般，她飛快地自床上跳起，像是被什麼追趕似，動作慌張地更衣、抓起舞鞋，手腳顫抖不已，巨大的不安與自責侵襲她的內在，隨著時間一分一秒流逝，她的心臟就勒得越緊。

昨天表演結束後，因為突如其來的訪客使她晚起了。

——這下該怎麼辦。

她的呼吸急速，胸口劇烈起伏，其他的舞者肯定早就起床準備妥善，在她貪睡的這段期間，她們想必早就開始練舞，她絕不能被任何人超過。

——那可是我千辛萬苦得來的位置，我不能被比下去。

阿卡西婭小姐如逃亡般奔出房間，躍下樓梯，歷經昨晚的表演，腳掌的刺痛尚未消退，但內心的惶恐老早蓋過痛覺，當她正想衝進還空著的練習室時，卻注意到廚房的動靜，急促的腳步隨即停下。

已經有好幾年沒有人在廚房煮飯了。她轉過頭，看見少女們坐在桌邊吃著吐司，而另一頭圍起圍裙的湯姆拿著平底鍋看著她。

「空腹的話怎麼有力氣練習呢。」

湯姆的臉頰掛起溫柔的微笑。

「過來用餐吧，我簡單做了些早餐。」

阿卡西婭小姐回想起幾年前那自然不過的場景，來回看著少女們和湯姆。

「站著幹嘛？不想吃就走啊。」

「看她那副亂糟糟的樣子，竟然睡到現在才醒，真是受不了。」

四處傳來埋怨阿卡西婭小姐的抱怨聲，但她絲毫不在乎，當她理解眼前狀況時，竟然是先感到一陣安心，幸好沒有人比她更早開始練習，放下心中大石後，她開始覺得這一切相當可笑。

她不顧眾人的譏諷嘲弄，闊步走向練習室，一道聲音忽地鑽入耳朵。

「你說……你叫什麼名字。」

——咦？

「湯姆。」

少女的聲音有些模糊不清，似乎嘴裡還咬著吐司，湯姆笑著回答。

「啊，對，湯姆。」

少女們自然地繼續享用早餐，但這番對話已經充分引起阿卡西婭小姐的興趣，這意料外的狀況甚至讓她忘卻腳部的疼痛，臉上溢起難以言喻的笑容，她不想錯過這麼有趣的事，她丟下舞鞋拉開一張椅子後坐下。

「我也要一份吐司，幫我抹點生鼠血。」

阿卡西婭小姐從容不迫地融入這全新的日常模式，湯姆用和藹的音調答應，替她倒了杯橘子果汁，阿卡西婭小姐悶不吭聲啜了口果汁，觀察眾人。

「廚房垃圾桶的花束是誰丟的？該不會又是哪個極端的粉絲找上門？」

「不是啦，昨天幽靈列車的那名少年來過了。」

「他又來了？貝拉，他是不是喜歡妳？」

「多虧他，給我添了好多麻煩。」

「為什麼會覺得麻煩呢？」

將吐司盤遞給阿卡西婭小姐的湯姆輕聲問道，貝拉朝湯姆望去，他莞爾一笑。

「若有冒犯，我很抱歉，我只是聽著妳們的對話，突然感到有些好奇罷了。」

猶豫半晌後，貝拉看著那道溫柔的微笑，鬆開了警戒心，緩緩開口。

「我只是覺得要滿足他的期待好麻煩，我們兩個只是會在街上偶遇，問候幾句的關係，他一點也不了解我，他感興趣的，只是站在華麗舞台上，穿著漂亮衣服，化上華美妝容的我而已。」

貝拉用手摸著她那對美麗動人的紅鶴翅膀，當她掀開翅膀時能見腰間露出一道道規律長度的疤痕，她兀自笑起。

「他要是知道我在旅館吃了藥後自殘，又馬上接著練習的生活模式，一定會嚇得逃之夭夭。」

「這可能很難說。」

湯姆瞥了一眼貝拉身上的疤痕。

「有句很有名的諺語這樣說過。」

沉穩的笑容帶出嘴角旁的深邃酒窩，那精巧細緻的面容讓人難以置信是以黏土雕塑而成的作品。

「愛情並非是盲目的，他們不是看得少，而是看得更多。」

湯姆如歌詠似的呢喃。

「正是為了看得更多，才集中在對方的每個細節。」

湯姆直視貝拉的雙眼。

「當大部分的人相愛時，即使發現對方的缺點也會選擇視而不見。」

他繼續盯著她，並且走上前。

「貝拉，說不定他已經看見了妳的傷疤。」

從湯姆嘴裡發出的貝拉兩字是那樣透徹純粹。

湯姆緩緩伸手，撥開那對華麗深粉的翅膀，他的姿態是那樣輕柔謹慎，少女們屏息看著眼前的場景，翅膀底下的傷疤們在眾人的注視下裸露於空氣中。

「說不定對他而言，比起妳的傷疤，妳舞動的模樣更深刻地烙印在他心上。」

一道道鑲入肌膚的疤痕如鐵道排列在身體上，湯姆眼帶擔憂地看著疤痕們，喃喃自語。

「妳或許是他的夏綠蒂．布芙，因此不好斷言是否真如妳所說，是件難以處理的麻煩事。」

「夏綠蒂．布芙？」

貝拉不明所以地問道。

「這是出自於一本古典文學的角色，她是小說內主角維特愛上的女姓，維特即使知道夏綠蒂身懷嚴重缺陷，仍深愛著她。」

湯姆移開像是要將翅膀撕開的手，當他將手收回時輕碰到貝拉的手指，只是那瞬間太過短暫，似乎沒有任何人發現那一刻。

傍晚冰涼的空氣自敞開的窗走進室內，淡雅的花香也飄於空中。

**「當我的手指無意間觸碰她的指尖，或是我們的腳在桌底下相撞時，我全身上下的血液就會奔騰竄動！」**

他呢喃出小說裡的一個章節。

**「我如碰了火似迅速收回，但又有一股神秘的引力使我無法自拔，整個人發顫不止。」**

湯姆直視著貝拉的雙眼，笑得很燦爛。

**「我身體的一切感官皆暈乎乎，如同在空中旋轉。」**

貝拉的雙頰如傷疤般紅潤，阿卡西婭小姐再也忍不住笑意，放聲大笑。

「哈哈哈哈哈哈哈。」

廚房裡的氣氛冰冷又沉重，少女們圍坐在四邊桌，每個人的眼神冒出鄙視與厭惡，朝同一個方向怒視的少女們，宛如空無一人的漆黑店鋪裡的人形模特兒般，一動也不動，整個空間的氣氛安靜得讓人窒息。

尖銳的狂笑持續撕裂這駭人的寂靜，那是旅館內唯一的聲響，阿卡西婭小姐像瘋子般狂妄笑著，她瘦弱的身子前後搖晃，嘲弄著那些用視線當瑰刺攻擊她的人。

怎麼沒人覺得可笑呢？阿卡西婭小姐邊笑邊掃過每個盯著她的少女，尤其是臉上潮紅尚未消退的貝拉，阿卡西婭小姐覺得心滿意足，她遏制不了嘴角的笑。

——真是一群笨蛋。

她咂了聲嘴，明目張膽地嘲笑每張面露憤怒扭曲的臉蛋，她起身離開位置，不想浪費時間在這種沒有意義的事上。

「不吃了，吐司一點味道都沒有。」

阿卡西婭小姐對湯姆露出淺笑，拿起裝有舞鞋的背袋，正打算往練習室走去，其他的少女們卻突然抓住她的衣角和頭髮，發出怒罵聲。

「瘋女人。」

「滿嘴胡說八道的賤人。」

阿卡西婭小姐怒目瞪著那些惱人的辱罵，那道冒火沸騰、充滿殺機的雙眼，讓人難以置信上一秒還笑得很開心。她雙眼瞪得圓大，眼神僵直，光是看著就讓人毛骨悚然。

冰冷的寂靜短暫盤旋於阿卡西婭小姐與眾人之間，對彼此的厭惡在轉瞬間化為憤怒，少女們共享著對阿卡西婭小姐忌妒與仇恨，並從中獲得了歸屬感與滿足感。

她們富有默契，在同一時間衝向阿卡西婭小姐，她宛如戰場上的戰士，發狂抵擋迎面而來的攻擊，她的雙眼銳利如刀，伸手抓著撲向前的少女們，她不輕易投降，獨自一人在戰場上反抗，即便她近乎失去力氣、動彈不得也不退縮。

湯姆站在一旁不發一語地觀賞這幅野蠻殘忍的光景，雖然他有些意外被折磨的對象換人的事實，卻沒有過度訝異，反倒是對阿卡西婭小姐使盡全力反抗的模樣感到新奇，但是雙方的鬥爭遲遲未完，他逐漸感到有些無聊。

待少女們發洩完怒氣後，又一派輕鬆地繼續用餐，湯姆猶豫是否要去攙扶跌坐在地上的阿卡西婭小姐，雖然花了點時間，但最後她還是用自己的力量站了起來，她支撐起虛弱不穩的身子，對著少女們又辱罵了幾句。

她無視少女們的反應，逕自抬起下巴走至練習室，湯姆望著她的背影，萬般無奈，不過他很快就轉移了注意力。

對於湯姆而言，夜晚是一切事物的全新開始。

他用輕鬆自在的心情走向少女間，他打算先替貝拉塗抹藥膏，當他替貝拉擦藥的同時，也與少女們談天對話，很快就掌握少女們的日程時間。

隨著芭蕾舞團的名聲水漲船高，她們不如以往每晚在帳篷進行小演出，而是一週少則一次，多則三次的大型演出，偶爾還會應邀至公家機關進行演出，由於昨天的表演才剛結束，今天沒有特別的安排，用完餐的少女們各自選了空房進行練習。

湯姆整理完廚房，走進阿卡西婭小姐的練習室，她優雅自若地跳著舞，彷彿剛才從未發生過任何事，湯姆目不轉睛看著她的身影。

女巫透過魔法用單一欲望揉製出了湯姆，他起初無法理解舞者之間充斥的忌妒與鬥爭，但看完昨晚的表演後，他似乎能理出頭緒，因為阿卡西婭小姐的舞姿與其他人有著極大的差異，她身上所流淌的優雅美麗，是眾人無法隨意侵犯的境界，身為舞者只要看了她的芭蕾舞，皆會陷入極深的絕望與自卑感。

「我不喜歡別人偷偷摸摸地盯著我看。」

全然沉浸在自我世界裡跳舞的芭蕾舞者，忽地停下動作，阿卡西婭小姐迅速收回在空中揮旋的手腳，盯著彼方望去，那張美麗的臉蛋怒瞪著湯姆，當湯姆正打算說出抱歉時，阿卡西婭小姐不知是偽裝還是真心，她的眼光閃爍，溢出笑容。

「看來你這段期間學會做人的禮儀了，寶石精工的夫婦家中收藏很多書嗎？」

阿卡西婭小姐的語調中帶著嘲諷。

「離開旅館後，我更換了許多住所，一開始是在老舊書店，在那裡我學習到許多知識，之後轉往當鋪，學到許多社交技巧，最後則是在寶石精工店，那段時間我了解到美的基準與美好樣貌的感知。」

經過這幾年充實的經歷與學習，他重生為能滿足他被愛欲望的最佳狀態，那名不知該如何讓自己被愛，只是一味渴望得到愛，又髒又難堪的少年，果真在這段時間，靠著自己的力量成長為值得被愛的男人。

阿卡西婭小姐發自內心感到讚嘆。

「看來你真的長大成為一名好男人了。」

此時她卻突然領悟到什麼事，笑了出聲。

「所以你選擇回來？覺得自信滿滿？現在你認為這裡所有的人都會愛上你？」

這並非徹底的謬論，湯姆也不辯解，阿卡西婭小姐見狀開心地繼續她的猜測。

「然後也為了找我報仇。」

「……我從未有那種想法。」

「少騙人了，你剛才不是在一旁看我被欺負嗎？」

她那雙如鷹鳥般敏銳的眼神，即使在被扯頭髮，被眾人拳打腳踢時也沒有失去作用，她親眼看到湯姆興致盎然觀賞好戲的眼神，那副從容不迫的態度，在充滿仇恨的視角內顯得格外清晰，鮮明刻印在腦海中，比起加害自己的兇手，無處宣洩的盛怒自動瞄準了在後頭悠閒喝起果汁的旁觀者。

阿卡西婭小姐走向湯姆。

「我替你加油，說不定真的有可能成功喔，那些呆瓜們應該會喜歡你。」

走到湯姆面前的阿卡西婭小姐，用手捧起他的雙頰，直視那雙眼眸，兩張臉的距離近得不可思議。

阿卡西婭小姐語帶竊喜。

「我敢斷言，說不定其中有一個人已經喜歡上你了。」

「請別說這種荒謬的話，她們連我是誰都不記得了。」

湯姆有些憤恨不平，斬釘截鐵打斷她。

生於黏土的他，能依意志轉變外型，基於這幾年學習到的知識，他轉變為能被輕易愛上的外型，因此，現在的他與少女們記憶中的樣貌完全不同，但使他憤怒的是，當少女們聽見他的名字時，卻沒有一個人記得他。

「但是妳……」

湯姆靜靜望著阿卡西婭小姐的眼珠。

「妳卻在第一眼就認出我了，為什麼？」

阿卡西婭小姐雙眼瞇得細長，笑了起來。

「我當然知道，因為你是我的欲望。」

我的欲望。這句極富歸屬感的話語，使湯姆的指尖傳來酥麻的戰慄感，那道同情目光與親切的微笑讓他心跳加速，總是不自覺想更依靠捧起雙頰的溫熱掌心。

阿卡西婭小姐如哄孩子般告訴他。

「我剛才的話讓你難受了吧？其實那不是我的本意，你做的吐司很好吃，現在一點泥土味都沒有。」

湯姆回想起當年因為烤吐司有泥土味而被少女們欺負的事，不自覺莞爾，雖然阿卡西婭小姐只是輕提往事，但這句話也代表她記得與湯姆曾發生過的回憶，光是這點就讓湯姆開心不已。

「現在我的身體也不會滿是汙泥，被愛的渴望也讓我的身體產生變化了。」

聽著湯姆的說明，阿卡西婭小姐訝異地挑起一邊眉毛，她緩緩鬆開捧起雙頰的手，然後望向手掌，上頭一點泥土都沒有。

她突然想起自己朝湯姆開槍後，他毫髮無傷的場景，阿卡西婭小姐抬起頭，看著那道隱藏憎恨的微笑，內心深處有一道預知危險的警訊暗地騷動。

31

# 阿卡西婭小姐的最終演出

當初少年敲門只為了借住一晚，但很快就能看出事實並非如此。他厚臉皮地自然融入舞者們的日常生活，用熟練的技巧誘惑她們的心，少女們表面上裝做不在乎，但從每個人的言行舉止裡，皆透露出不希望他離開的心意。

因此他停留的時間逐漸拉長，像極了打從一開始就與她們共同生活般自然地進出，這也毋須訝異，因為與阿卡西婭小姐的預料如出一轍。

起初她相當忌諱自己的缺點再次回到身邊，不過湯姆比起阿卡西婭小姐反倒對其他舞者更有興趣，他們的相處時間日益增多，阿卡西婭小姐總是以富饒趣味的目光，端詳少女們對湯姆釋出愛意的眼神，然後心滿意足地開始練習，湯姆並沒有如她所想地變成阻礙。

但是阻礙卻發生在另一個完全不同的地方，折磨雙腿的疼痛日漸嚴重，她不願讓肉體有任何休息的空檔，只想隨時隨地投入練習之中，疼痛感不見趨緩，甚至妨礙到跳舞的品質，最後讓阿卡西婭小姐不得不到醫院一趟。

到醫院看診並非易事，她平常若非演出是不會踏出旅館一步的，因此若是被發現她不在旅館，必定會讓其他少女們發現有異。

阿卡西婭小姐不想讓她們知道自己因為過度練習，疏於調整狀態，甚至嚴重到需要看醫生，也不想讓自己因腿傷而脆弱不堪的模樣，淪為她們的笑柄，因此她更需要隱瞞大家獨自去看診。

天空灰濛，颳起陰森冷風，少女們閉關於各自的練習室內，不見人影的湯姆似乎也在某人的休息室裡，與其笑吟吟地談天說地。相信現在就是機會了，阿卡西婭小姐拿起雨傘，躡手躡腳走出旅館。

阿卡西婭小姐為了取得最快速有效的治療，一次拜訪了附近所有的醫院，醫生們皆異口同聲地說她身體的負荷已經過重，必須停止跳舞才行，她當然充耳不聞，竟然要一名芭蕾舞者為了治療腳傷而停止跳舞，簡直可笑萬分，若是不能再跳舞，要這雙腳還有何意義，阿卡西婭小姐抱著難以言喻的心情走出最後一間醫院。

外頭已經飄起雨滴，阿卡西婭小姐撐開雨傘，走回旅館，原先滴滴答答的雨水不知不覺轉為傾盆大雨，阿卡西婭小姐挪開頭上的雨傘，抬頭望著混濁陰沉的天空，當她再度緩緩將視線回到地面時，不遠處的場景使她頓時愣在原地。

貝拉在旅館前和一名少年發生爭執，那名少年臉上濃妝豔抹如小丑，著一身蝙蝠黑的制服，看得出來那是「幽靈列車的少年」。阿卡西婭小姐移開視線，繼續走向旅館，她討厭貝拉，更對她的小情小愛一點也沒有興趣，而他們的爭執聲卻大聲得鑽入耳朵。

「阿卡西婭！」

貝拉尖銳的高喊叫住阿卡西婭小姐。那令人心生厭惡的聲音竟直呼自己名字，阿卡西婭小姐蹙眉。

——真是一點也不想跟她說話。

「阿卡西婭！妳去哪裡了？」

阿卡西婭小姐轉過頭，毫不掩飾臉上厭煩的神情，不過貝拉反倒用更高亢瘋狂的聲音質問她。

阿卡西婭小姐充耳不聞那道高呼，瞥眼朝貝拉的身後望去。只見幽靈列車少年氣呼呼地踱步離去。

「別管我了，還是快去追回妳的情人吧。」

她露出譏笑。

「還是妳可以去找湯姆安慰妳啊。」

阿卡西婭小姐無意間丟擲的話語，卻一言說中貝拉的心思，她整張臉漲得火紅，阿卡西婭小姐鄙笑面露羞恥的貝拉。

「隨便妳要做什麼，總之別煩我，我要去練習了。」

阿卡西婭小姐逕自轉身，走向通往旅館大門的樓梯，雨不停下著，地上冰冷的積水浸濕了皮鞋，她只想趕快擺脫這潮濕不適的觸感，正想快步走上樓梯時，身後刺耳的聲音猶如箭矢般射向她。

「直到幾年前為止，我都還是最優秀的芭蕾舞者！」

像將內心深處積累至化膿的情感，一次投擲於水坑之中的狂暴掙扎。

「站在舞台中央，在表演結束時迎接觀眾歡呼，得到最多閃光燈與鮮花的人，一直以來都是我。」

一字一句，皆自胸口底層輾壓後迸發而出，阿卡西婭小姐轉頭望向貝拉，那雙眼充斥敗者無法接受事實的自卑與自責，阿卡西婭小姐勾起嘴角，嘲笑對方。

「妳會淪落至此，正是因為執著那些虛華的表面功夫，我一點也不在乎那些鎂光燈或鮮花，我只專注在舞蹈的世界。」

阿卡西婭小姐鄙夷貝拉。

「反觀妳自己。」

阿卡西婭小姐笑了出聲。那是讓敗者更加無地自容的表情。

「倒不如將這種時間拿來練習，讓妳跟我的舞蹈實力可以縮短分毫的距離。」

她投以同情的眼神，直盯那雙彷彿下一秒就要殺了阿卡西婭小姐的雙眼。

「真是丟人。」

阿卡西婭小姐喃喃自語，不留情面轉身而去，腿部的疼痛漸漸明顯，潮濕難聞的雨味使頭開始發疼，襲來的疲倦感使她很快就忘記身後的貝拉。

阿卡西婭小姐快步走上階梯，從腳趾湧現的疼痛狠狠侵蝕整個腳掌。下一秒她踩了空，也或許是有人從身後推了她，未踩在階梯上的腳肢在空中失去方向，她頭暈目眩，一陣天旋地轉。

在模糊的視線內她隱約看見貝拉的笑容，貝拉用粗魯的手勢從她的掌心搶走雨傘，剎時，雨滴如子彈朝她的身軀狙擊，撲面而來的雨勢讓毫無防備的她全身濕透，她想趕緊找回重心卻發現腿部無法使力，難以忍受的疼痛從腳延伸往上，她整個人陷入冰冷之中，世界在眼裡上下顛倒、翻覆。

阿卡西婭小姐發出痛苦的悲鳴，好幾名少女聽聲打開房門，她聽見少女們圍在身旁的嘲笑聲，也看見她們的表情，她盯著每張戲弄的神情，那是近幾來所見過的笑容中最燦爛的一次。

她露出慈悲的微笑，因她明白隱藏在狂喜笑容下的真實情感，她現在是發自內心地同情這些少女。

在模糊的記憶畫面後，她失去了意識，當她睜開雙眼時，雨已經停了，阿卡西婭小姐緩緩張開雙眼，奇怪的是耳邊似乎還能聽見雨聲，她再次眨眨眼，直到現在她才真正恢復視力與意識，然後露出苦笑。

不知道時間過了多久，但雨其實持續下著，是湯姆撐著傘站在她身邊，他將傘靠向她，因此湯姆早已渾身濕透，但即便如此，他的泥土身軀也未見融化，阿卡西婭小姐仍躺在階梯上，她抬頭看向湯姆。

「你真的變強壯了。」

她聲音含糊，喃喃說道。

為了滿足被愛欲望的他，現在已經成為即使淋濕也不會虛弱消失的人，阿卡西婭小姐直視替她撐傘的湯姆，透過他的表情，她知道兩人心底想著一樣的事情。

幾年前的那天，也如今天下著狂雨，她向在水窪裡即將融化的他遞出雨傘，然後在那天他們立下約定後道別，一方將要成為擁有被愛資格的人；另一方要成為最優秀的芭蕾舞者。

雨聲似樂器般演奏，但這對男女所勾勒的樂章絲毫不輸大自然的音符，他們皆實現了過去立下的誓約，現在兩人相互對望。

「妳不後悔嗎？」

湯姆的聲音乘著雨滴落到阿卡西婭小姐的耳裡。

「雖然妳實現了夢想，卻被同為芭蕾舞者的團員們欺凌。」

阿卡西婭小姐對著這個問題，勾起鮮紅色的嘴角。

「湯姆，只有你不知道。」

那是淺淡卻富含真心的微笑。

「在這間旅館內，最幸福的人其實是我。」

這也是旅館內的所有人都知道的事實。

即便過了好幾天，腿部的疼痛仍沒有放過阿卡西婭小姐，她雖有按時吃藥也接受物理治療，但還是不見起色，腳掌撕裂般的痛楚已使她難以承受，但阿卡西婭小姐還是用她堅強的意志力掩飾身體的痛苦，就算痛苦得難以行走，她還是咬緊牙根投入演出，費盡全力讓舞蹈不出差錯，在這段期間內的幾場公演也順利落幕。

但是腳傷日益嚴重，已是單靠意志力無法承受的境界，她最後選擇放棄醫院的治療，再度找上雅歌，她向女巫獻上數十種金銀珠寶，而雅歌開的魔法藥也確實起了作用，服用魔法藥後，果真能緩和痛楚好幾天，阿卡西婭小姐如上癮般不斷找雅歌拿藥，每當如此，雅歌總會憤慨地警告阿卡西婭小姐。

「跟笨鴿一樣的傢伙！我不是說過反覆服藥會有抗藥性嗎！如果不停止跳舞，

妳的雙腿有一天會被跳斷的。」

這句宣告人生結局的話語，使她日益疲憊，當她睜開雙眼，醒著的每分每秒皆擺脫不了這個惡夢，希望與人生可能會在一瞬間崩塌的不安，時時折磨著她強大的意志力。

雅歌說對了，隨著時間過去，藥效也逐日降低，無論吃多少藥，藥效持續的時間與效果逐漸減少，阿卡西婭小姐若是想戰勝痛苦執意跳舞，就需要承受加倍的折磨，在這樣精神與肉體間的拉扯中，使她宛如喪心病狂的人，她甚至每天恍恍惚惚吞下數十顆未知藥物，拚死拚活只為了維持舞團裡頂尖舞者的位置。

下週預計有一場盛大的演出，這是帳篷內歷屆來規模最大的演出，阿卡西婭小姐往嘴裡倒進三、四顆止痛藥，灌入白開水。然後將背倚靠在滿是鏡子的練習室牆上，等待疼痛減緩的期間使她心情糟透了，不自覺咒罵了幾聲，對於滿懷過人耐力與天賦的她，在無奈之下被迫失去抵抗能力的時刻是最殘忍的處罰，阿卡西婭小姐愁雲慘霧地靠著牆，一動也不動。

她別過頭，將耳朵貼在牆上，猛烈的疼痛使人疲憊，她輕閉雙眼，整座房間相當安靜，細小的嗚咽聲似音樂流淌於空氣中。

她睜開雙眼，抽泣的人並非她，嗚咽聲由牆的彼端傳來，有人正在哭泣，她開始懷疑是否有人侵入了旅館，因為住在這棟綠色旅館裡的妖怪幾乎不會哭泣。

阿卡西婭小姐挺起身，止痛藥似乎有些作用了，她走向傳出哭聲的房間，兀自打開門。

湯姆頂著哭腫的雙眼望向她，她沒料到正在哭泣的人竟是湯姆，她一時之間啞口無言，她訝異著泥土做成的湯姆也會流淚。不、不僅如此，她想不到湯姆是擁有悲傷情緒的人，湯姆也對於阿卡西婭的突然造訪感到慌張，露出訝異的神色。

兩人陷入一陣靜默，而打破這份靜默的是阿卡西婭小姐的笑聲，她不動的嘴角輕微上勾，演變成捧腹的痴狂大笑，而在那瞬間，儘管只是剎那，她似乎忘卻了腳部的痛楚。

她笑得忘我，甚至噙淚，被譏笑聲包圍的湯姆冷酷開口說道：

「……笑完了嗎？」

他的語氣冰冷，自己哭泣的模樣被阿卡西婭小姐撞見讓他相當不好受，而即使阿卡西婭小姐明白他的心思仍不以為意。

阿卡西婭小姐如看好戲般接續問道：

「你說說看，為什麼落得這種下場？我還以為你遇到任何事都能安然自得。」

湯姆搖頭，否認阿卡西婭小姐的想法。

「……貝拉今天對我發脾氣。」

別無新意的回答使阿卡西婭小姐頓時失去興致，當湯姆的口中說出那個蠢蛋的名字時，阿卡西婭小姐無須多想就知道來龍去脈，但是湯姆沒有停止傾吐。

「我只是順應自己渴望被愛的本能罷了，我不明白她為何感到氣憤。」

「看來她是看到你跟其他舞者聊得很開心吧。」

阿卡西婭小姐滿是不在乎。

「一開始她還沒有表現出不悅，結果話講到一半時就突然……」

「你應該是踩到她的地雷了。」

「怎麼可能呢？我只是向她說出真誠的建議而已。」

「什麼建議？」

阿卡西婭小姐對於意料之外的冗長對話感到無趣，然而湯姆卻滔滔不絕對她說明著自己的委屈。

「貝拉告訴我她跟幽靈列車少年吵架的事，而我只是建議她去找對方溝通，因為我知道那名少年有多喜歡貝拉，但是好奇怪，從我講出那句話之後，她就雙頰漲紅，眼神也兇狠地瞪著我，甚至對我口出惡言。」

「湯姆你這個笨蛋，所以你因為被她罵就哭成這樣嗎？」

阿卡西婭小姐用嘲笑的語氣回應湯姆，有人正面臨失去活著意義的危機，但這些人僅因瑣碎的戀愛問題就哭哭啼啼，在她眼裡看來都只是幼稚的胡鬧罷了。

湯姆聽出阿卡西婭小姐的挖苦，辯解般回答她。

「阿卡西婭小姐，我生於被愛的渴望，因此我僅是努力實踐人生的價值而已，而當這份價值無法實現時，我就會感到莫大的絕望。」

沒錯，這就是最根本的問題點，阿卡西婭小姐的表情充滿輕視且扭曲變形，從她接觸芭蕾舞的那刻起，被喜愛的欲望就被她視為奢侈與弱點，所以當湯姆肆無忌憚彰顯這些她極度不屑的缺點時，那股厭惡感油然而生。

阿卡西婭小姐毫不掩飾她的憤怒，但湯姆也不退縮地看著她，那道雙眼猶如鏡子，阿卡西婭小姐看著自己在湯姆眼中的模樣，那雙哭訴的眼眸中所映照的自己，竟與湯姆有些相似，雖然她一點也不想承認，他們倆雖各自所擁有截然不同的欲望與價值觀，卻有著相似的情懷。

阿卡西婭小姐因腿傷而產生的絕望是悲傷的刺激，但矛盾的是，她也從中得到活著的真實感受，阿卡西婭小姐嘴角的笑消失了，她厭惡湯姆的絕望卻也比誰都瞭解，像是驗證自己的想法般，腳尖的疼痛攀升而上，阿卡西婭小姐輕嘆一口氣。

「湯姆，你用錯方法了。」

「不可能，我對每個妖怪都用盡全力……」

「不，那種愛是無法套用在所有妖怪身上的，你選錯方法了。」

「那我應該怎麼做才好？」

湯姆亟欲想得到答案，汲汲營營追求自我價值的模樣，與阿卡西婭小姐如出一轍，他緊緊抓住不想多管閒事，只想逕自轉身離開的阿卡西婭小姐。

淺薄的同情心與絕望從胸口洩出，雖然她一心一意想否定，但湯姆是她的一部份是不爭的事實，她決定幫他一把。

「跟我過來。」

阿卡西婭小姐帶湯姆回到她的房間，湯姆靜靜跟在身後，沒有多說一句話，進到房間後，迎接他的是難以想像的光景。湯姆頓時懷疑這個房間真的屬於那名曾嘲笑信教徒，款待乞丐的少女嗎，房間內部擺滿宗教塑像與圖畫，書架上也放滿宗教信仰的書籍。

「……這是從什麼時候開始的？」

「從醫生說我的腿要廢了的時候。」

阿卡西婭小姐泰然回答，坐在床尾。

湯姆順應她的眼神，坐在與她稍微有些距離之處，阿卡西婭小姐直視坐得挺直的湯姆，然後緩緩脫去腳上的舞鞋。

藏在優雅舞鞋下的腳掌一點一點在湯姆的眼前露出，那副腳掌因為長期穿著舞鞋站立，儼然變為舞鞋的形狀，五根腳趾頭全黏在一起，其中的三指宛如一開始就不復存在般潰爛得失去應有的形狀，腳指甲也全都刨除不見蹤跡，剩下的兩根腳趾則是磨得漆黑，蜷曲如弓。

湯姆瞠目咋舌，能自由改變外型的他，面對畸形的軀體使他相當衝擊，他現在才明白為什麼芭蕾舞者們即使在房間裡也穿著鞋襪，即使她們的職業代表著至高無上的美麗與優雅，但為了體現這般模樣，她們必須隱藏起付出代價的身體。

「外觀不是最重要的，從開始跳舞時就已是如此了。」

阿卡西婭小姐看著湯姆吃驚的表情說道：

「問題是倘若我真的失去雙腿，我就再也無法跳舞了。」

在許多宗教畫像與雕塑的視線之下，阿卡西婭小姐直白訴說。

「我曾經一點也不相信神的存在，我質疑祂，懷疑信仰的意義，因為只要我努力，什麼都做得到，一點也不需要虛幻的依靠。」

她曾深信只要靠意志力與努力，就能實現所有目標，這條太陽般的戒律烙印在她的腦海裡，她認為仰賴信仰與神明的人只是出於軟弱，想尋求逃避處所罷了……

但那僅是一時的傲慢，那是輝煌全盛時期的經驗，與過人自信感所引發的傲慢心態，曾鄙視嘲笑信教徒的她，受到生命中荊棘之刺的折磨，也不得不低頭臣服。

「但我面臨了無論如何掙扎都逃不出去的危機，於是我開始追尋素未謀面，連聲音也未曾有人聽過的神祇，渴求那些能引領我戰勝未知危機的存在……」

當她首次默唸生疏名稱時的那晚，她的內心有多麼真誠，輾轉未眠的她在床上不斷默禱，她的聲音是那般懇切又真摯。

「我每天反覆祈禱數十次，讓我直至死亡的前一刻皆能繼續跳舞，即使無法站在舞台的正中央，即使不能再得到鮮花與歡呼也沒關係，即便在狹小簡陋的閣樓跳舞，我也很幸福，我只乞求讓我能繼續跳舞。」

她的聲音像是祈咒又像唸頌禱文，字句虔誠又謹慎，聽得出話語中無可替代的渴望與期盼。

「當我日以繼夜祈禱時，情不自禁幻想神祇真的會應許我的願望，這些想像成為希望的種子，逐步長為堅持下去的動力。」

這些期望比任何藥物還要強盛又有效。

「所以我每一天皆在神祇面前渴求，哀求祂的慈悲與關愛。」

阿卡西婭小姐抬起頭直盯著湯姆，用眼神暗示他這是這段談話的重點與寓意。

「不僅是我，數千名妖怪皆是如此。」

她的字句，鏗鏘有力。

「湯姆，你聽懂了嗎？」

當她呼喊名字的瞬間，湯姆像是有人大力打了他的頭般發愣，胸膛劇烈起伏著，全身上下竄過戰慄感，一切頓時明朗透徹。

「人一旦擁有至深的絕望，唯一的出路就是信仰神祇，當那份絕望，哪怕只是消彌了一點點，或是看到一絲微弱的希望的話，會怎麼樣？」

阿卡西婭小姐笑了。

「信仰、信奉？更貼切的說法是徹底成為妄想家的狗了。」

湯姆自床邊站起身，要重新開始的事多得不容許任何一點遲疑。

一週的時間過去，盛大演出的日子來臨，穿著舞鞋的雙腿們焦急地來來去去。這次的表演是歷代最具規模的盛事，觀眾席坐滿貴賓與大型媒體的採訪團，觀眾嘈雜的聲響透過紅色布帷傳至後台，浩大的回音刺激大腦的每個細胞。

阿卡西婭小姐的呼吸漸漸急促，腳掌間滲出的血水和膿液如水彩顏料染紅舞鞋，她在站上舞台的前一刻吞了五顆雅歌開的魔法藥丸。

為了以防萬一，她也邀請雅歌前來觀賞演出，究竟所謂的萬一是什麼情況她也不明白，或許只是增加安全感罷了，雅歌雖然一開始拒絕了她的邀約，但當邀請函伴隨著大量的珠寶首飾寄送後，雅歌就沒有多說什麼了。

火辣辣的藥丸穿過咽喉，溫熱的感覺在食道擴散，阿卡西婭小姐繃緊神經，不讓疼痛的哀號越界而出，周遭的芭蕾舞者也顯露內心的緊張，各個整理衣著，四處散落著口紅及蝴蝶結。

阿卡西婭小姐直覺知道，舞者們滿心期待著「他」的到來，阿卡西婭小姐呆望鏡中的自己，她拾起一隻掉落的唇膏往蒼白的嘴上塗抹，那天湯姆自她的房間離開後，至今不曾出現過。

——或許他需要時間思考一下。

阿卡西婭小姐並不留心於湯姆的蹤跡，或許就此分道揚鑣對雙方都更好，她塗抹上鮮紅唇膏後，整張臉顯得更加蒼白，阿卡西婭小姐望著鏡中的自己，像是與幽魂對望的感覺，紅色布帷後震耳欲聾的人聲使她手心冒汗，難道等著上絞刑台的死刑犯就是這種心情嗎？

鏡中幽魂雙眼無神的呢喃。

——我們將會死在那道布的後方，已經不遠了，就在咫尺。

痛覺勒緊整雙腳掌，自肌肉深處蔓延至皮膚表層。

——或許這是最後一次站上舞台。

——不會的，我到死之前都要繼續跳舞。

——那麼，今天的舞台就是我的墳墓。

當舞者的名字被呼喊時，震耳欲聾的歡呼聲也隨之響起。阿卡西婭小姐移動腳步，她踩踏著輕盈的步伐，調整呼吸走過布幕，整場歡聲雷動，耀眼的光芒親吻上她的瞳孔，阿卡西婭小姐擺出預備姿勢，大提琴清脆的樂音悠悠彈奏，她閉上雙眼，沉浸在芭蕾舞的世界。

——其實這也是個不錯的結局，在舞台上了結生命的舞者人生。

在一片漆黑的世界中，亮光如影只追逐著她的腳步，傷感的音符彷彿自她的擺動中震盪，她的四肢於空中輕柔揮舞，即便她緊閉雙眼，仍能感受指尖纖細彈奏周遭空氣的感受，也能知覺雙腿攪動光影的流動，腳掌撕裂的疼痛席捲而來，她在內心痛苦尖叫，但不形於色，徹底掌握整座舞台。

環顧她的視線遵從她所指揮的方位，她能感受到腳背的血在鞋內噴發，為了不讓悲鳴踰矩在虛假的面具之上，她緊咬著舌頭，一股血腥味在口中散發。

表演持續進行，觀眾們看得如癡如醉，靜謐無聲，倘若她的手勢是勾人的香氣，那她雙腿的舞步就是囊括俘虜的訊號。她浸淫在不斷湧現的快樂中失去理智地舞動，飛騰於空，優雅自轉，那是對苦痛的反抗，也是她活在世上最幸福的時刻。

掌聲與吶喊如雷響起，阿卡西婭小姐滿意落地，然而下一秒她的腳滑了一跤，頓時一切事物皆失去重心，隨著啪嚓一聲，腳下一陣風颯然而去，當她睜開雙眼時，只見鮮血如噴泉般迸發，歡呼聲在剎那間轉為尖叫，她還看見兩隻腳掌滾落在舞台一角，她強忍痛苦嚥下像嘔吐般湧上喉嚨的慘叫聲，硬是閉上雙眼。

在朦朧的意識間，傳來混雜的噪音，呼喊她的喚聲、相機快門聲、尖叫、笑聲……阿卡西婭小姐一一拾起落雨般墜下的雜音，快門聲沉重地壓進她的深層意識，而輕快的笑聲如雲雀般飛來竄去。

——有人在笑？這是好笑的事嗎？在笑什麼？

她從指揮整座帳篷的船長，轉瞬跌落為可笑的小丑，幾百名觀眾的視線掐住她的脖頸，那名自鏡中望見的幽靈趨近自己。

——再一下下就結束了。

她將最終的希望寄託在預告結局的耳語。

——我會就此死去。

阿卡西婭小姐心甘情願地等待死亡的那刻來臨，噪音漸漸朦朧，意識也潛入深沉之中，她感覺自己正昏昏睡去。

雙眼睜開之際，她對於自己鮮明的意識感到絕望萬分，她躺在破舊的床鋪上，身上覆蓋著棉被，她刻意迴避棉被的盡頭，她尚未有自信面對那份未知。

她將視線轉往他方，四周牆上布滿裂縫，架子上擺放許多奇形怪狀的盆栽，有著與碗盤差不多大小的花朵，還有正咀嚼昆蟲，蠕動牙齒的草葉，整座房間散發植物的清香，一旁擺有兩三個沸騰的鍋子，煮沸著透明的玻璃瓶與花瓶，那是熟悉的房間，以及熟悉的聲音。

阿卡西婭小姐嘆出氣息。

「雅歌，原來是妳救了我。」

在床後忙東忙西的雅歌喜盈盈笑著。

「妳現在才知道啊。」

雅歌悄悄走進阿卡西婭小姐的視線內，粉色洋裝與珍珠項鍊在頸部搖晃，手指戴滿鑲有寶石戒指的女巫，亮出巨大的牙齒對她笑著。

「真不該邀請妳來看演出的。」

阿卡西婭小姐的語氣充滿絕望，雅歌勾起一邊嘴角而笑。

「妳別不知足了，妳不知道有多少妖怪哀求我替他們移植身體，但幾乎沒有足夠優秀才能的人，讓我願意動刀的。」

阿卡西婭小姐心頭一沉，「移植」一詞鑽進耳膜，如毒素般蔓延全身，就像是醫生宣告病患只剩幾個月的壽命般震撼又無情。面對結果已成定局的瞬間、必須接納毫無轉圜餘地的瞬間，在面臨這些絕望的時刻之際，除了絕望還是失望。

即便在舞台上看見了自己滾落的雙腳，她也不曾感受過這般難以抑制的情感，這份情感吞噬了她，阿卡西婭小姐整個人顫抖不已。

「妳覺得這雙全新的腳怎麼樣？喜歡嗎？」

阿卡西婭小姐怒瞪著雅歌嘻笑的眼神，雅歌也直視著她。阿卡西婭小姐伸出顫抖的手抓住棉被的一角，她緊張地冒出手汗，緩緩掀開棉被，她再也無從逃避。

阿卡西婭小姐注視著暴露在空氣中的「雙腳」，淚水劃過臉頰形成一道道水路，參雜絕望的悲慘嗚叫奔喊出口。

不停地、不停地哭喊、吼叫。

《歡迎來到奇異餐廳2　莉迪亞的日記》完

國家圖書館出版品預行編目資料

歡迎來到奇異餐廳 . 2, 莉迪亞的日記 / 金玟廷作 ; 莫莉譯 . -- 一版 . -- 臺北市 : 臺灣角川股份有限公司 , 2023.04
面 ;　公分

譯自 : 기괴한 레스토랑 . 2, 리디아의 일기장
ISBN 978-626-352-451-4 ( 平裝 )

863.57　　112001742

# 歡迎來到奇異餐廳

## ② 莉迪亞的日記


原著名　기괴한 레스토랑 2 리디아의 일기장

---

作者　金玟廷
譯者　莫莉

2023 年 4 月 26 日 初版第 1 刷發行

發行人　岩崎剛人
總監　呂慧君
編輯　黎虹君
設計主編　許景舜
印務　李明修（主任）、張加恩（主任）、張凱棋

台灣角川

發行所　台灣角川股份有限公司
地址　104 台北市中山區松江路 223 號 3 樓
電話　(02) 2515-3000
傳 真　(02) 2515-0033
網址　http://www.kadokawa.com.tw
劃撥帳戶　台灣角川股份有限公司
劃撥帳號　19487412
法律顧問　有澤法律事務所
製版　尚騰印刷事業有限公司
ISBN　978-626-352-451-4